那么好

李南 著

花山文艺出版社
河北·石家庄

李南 1964年出生于青海。1983年开始写诗。出版诗集《妥协之歌》等。现居河北石家庄。

目录

第一辑　　我爱恋的人间

那么好 / 003
不写诗的日子 / 004
从飞机上 / 005
多年前，一个雪夜 / 006
中年以后 / 007
世界的孤儿 / 008
想青海 / 009
私人生活 / 011
在你们中间 / 012
偶遇南京 / 013
我说汉语，我写汉字 / 014
生日有感 / 016
在鼓浪屿草木诗经咖啡馆留宿 / 017
放下你以后 / 018
游子回家 / 019
沮丧 / 020
为什么相逢 / 021
去佑宁寺 / 022
雪夜想起父亲 / 023
我的扎鲁特山地草原 / 024
羞愧 / 025

春雨沙沙 / 026

柿子红了 / 027

灵魂需要蜜喂养 / 028

离别诗 / 029

春天的感恩 / 030

小小炊烟 / 031

早春二月,在龙泉湖湿地公园 / 032

呼唤 / 033

新年寄语 / 034

夜宿三坡镇 / 035

心迹 / 036

那是因为……达喀尔 / 037

山中生活 / 038

下槐镇的一天 / 039

平衡律 / 040

誓言如此简单 / 041

居家生活 / 042

谈起逝去多年的朋友 / 043

闲居钦州,念起舅妈邱如芳 / 044

天上的事情 / 045

如果我路过春天 / 046

一个人在镜中 / 047

庚子年,于里大河避暑 / 049

我有…… / 050

儿时德令哈 / 051

老约翰谈一场战事 / 052

这儿是外省,这儿是他乡 / 053

我还能活多久? / 054

小饮马泉村访友 / 055

两个姑姑 / 056

总会有一个人 / 058

从河北来到河南 / 059

诗歌和我 / 060

十一行诗 / 061

我以月亮上下弦计时 / 062

冬日在卧佛山脚下散步 / 063

成熟 / 064

当我死时,如果你还活着 / 065

自然律 / 066

投向大海的漂流瓶 / 067

落叶 / 068

你的孤独淹没了我的道路 / 069

老友记 / 070

询问 / 071

读卡尔维诺《美国讲稿》有感 / 072

因为你 / 073

世界残酷又美…… / 074

与朋友喝茶 / 075

彩虹之夜 / 076

学习 / 077

第二辑　　头戴星星的人

疫期重读《神曲》 / 081

去熹悦和境茶书院 / 083

都说时光如水 / 084

莱斯博斯岛上的萨福 / 085

写诗 / 086

南海秋赋 / 087

你手持美的授权书 / 088

人们知道自己必死 / 089

记录 / 090

今天我无所事事 / 091

幸运之年 / 092

致沉默的人 / 093

几条忠告 / 094

秋日私语 / 095

日耳曼的文明人 / 096

克图口镇,与友交谈 / 097

近况 / 098

后疫情时代 / 099

眼看着玫瑰…… / 100

乡居的日子 / 101

新疆很美,美到只有忧伤 / 102

编年史遗漏了小人物 / 103

谁的手编织着花篮 / 104

一个诗人的晚年 / 105

记忆有时也断流 / 106

秋夜梦到逝去的友人 / 107

忆后主李煜 / 109

不应该的事物 / 110

谈起幸福 / 111

访徐霞客故居 / 112

奢望 / 113

诗人们不再谈论诗歌 / 114

倒影 / 115

头戴星星的人 / 116

有多久了…… / 117

你走后的世界 / 118

告别辞 / 119

听庞白谈起水手 / 120

清明，在冀东山区 / 121

泪与笑 / 122

中年况味 / 123

灵魂在身体外流亡 / 124

诗教 / 125

这些年 / 126

嘿！阴郁先生 / 127

从卓尔山远眺拉洞台 / 128

听盲女弹奏钢琴曲 / 130

秋日独上封龙山 / 131

小 / 132

疑惑 / 133

在濮阳某乡村民宿读诗 / 134

死亡这朵黄花 / 135

想起他们 / 136

我这个蠢人 / 137

半夜醒来 / 138

夏宗寺 / 139

和我在一起 / 140

如果我不写下 / 141

童年 / 142

不是所有的人都有明天 / 143

雪中去老年公寓 / 144

第三辑　永恒的美啊，请停留

蓝色草原 / 147

在珠日河草原看星空 / 148

从诗中回到德令哈 / 149

沙滩上歪歪斜斜的小东西 / 150

去普罗旺斯 / 151

行至仙岩梅雨潭 / 152

世纪公园散步 / 153

这苦涩又贫乏的疆域…… / 154

漫步林间 / 155

哲里木赛马节想起一位骑手 / 156

野草湾 / 157

在多伦，元上都遗址 / 158

画青海 / 159

桑根达莱谣曲 / 160

都说这是天空之镜 / 161

塔里木河边 / 162

天池不可描述 / 163

桥头集镇，走过爱情隧道 / 164

瓦蓝瓦蓝的天空 / 165

奈曼旗沙丘 / 166

重庆印象 / 167

风雪中来到热水镇 / 168

你甘南草原 / 169

雪地上的骑手 / 170

遥寄江南 / 171

给我一匹快马 / 172

去海西 / 173

只有刚察的风 / 174

铁门关致友人 / 175

在姜庄，黄河边看星星 / 176

忆介休 / 177

在沙柳河看湟鱼洄游 / 178

在张壁古堡 / 180

明珠湖畔 / 181

吴家湾，偶遇一只白鹭 / 182

问路 / 183

驻足仓央嘉措广场 / 184

去天门山 / 186

坎布拉 / 188

寻找大运河 / 189

双河溶洞记录 / 190

去滩涂观丹顶鹤 / 191

在洞庭湖上游弋 / 192

姐妹们上了玫瑰峰 / 193

过峨堡草原驿站 / 194

黑河穿过峡谷 / 195

岭南茶场 / 196

停车温泉假日 / 197

和慕白在双河客栈散步 / 198

汨罗江边 / 199

在三亚看海 / 200

大罗山想起谢灵运 / 201

呀诺达，呀诺达 / 202

科尔沁草原拾珠 / 203

盐湖之夜，听道尔吉唱呼麦 / 204

路过东蛙 / 205

鹿鸣湖上飞过一只灰鹤 / 206

去祁连途中 / 207

在长江湿地 / 208

绵山上的钟声 / 209

大理 / 210

在拱宸桥上眺望 / 211

清溪峡上 / 212

在玉树结识诗人洛桑南嘉 / 213

走在长乐古镇麻石老街 / 214

过野牛沟 / 215

夜宿达玉部落 / 216

金沙湖看沙画表演 / 217

在凤凰 / 218

江南小风光 / 219

田庐记事 / 220

彩虹桥上 / 221

第一辑

我爱恋的人间

那么好

虚拟一个你
日落时分写一封长长的信
思念是那么好。

对辜负过的人,犯过的错
说一声"对不起"
感觉是那么好。

瓢虫背上的花斑
两座山峰护送一条河流
江山是那么好。

我的工作,简单又快乐
只负责给大地上的事物押韵
——劳动是那么好!

押出记忆中的线头:
离别时惆怅,重逢时狂喜
都是那么好。

当我路过新垒的坟头
猛然钻出一簇矢车菊
你看,连死亡也那么好。

不写诗的日子

大师挡住了我的去路
当我试图在一首诗中思辨的时候。
这冰峰必定有它另一个维度
我打算思忖一阵子。

不写诗的日子,我只是活着
看乌云怎样把地面上的事物压低
"活着,并且不撒谎"
一位俄罗斯作家画出一条底线。

我不问世事,把文字交还给山水
让江水来稀释前半生的苦
可是,当我夜读崔杼和太史四兄弟
仍然止不住眼含泪水……

我知道,我还活着
拥有平川与绝壁,垭口与飞瀑
在不写诗的日子
在充满庸常与奇迹的日子。

从飞机上

从飞机上俯瞰
这座我生活多年的城市
白雪皑皑
彻底覆盖了它的容貌。
这种陌生让我心惊肉跳:
我一时竟然分辨不出
哪儿是恋爱时约会的广场
哪儿是祭奠父亲的陵园。

多年前,一个雪夜

有些秘密,在酿酒的木桶里
有些事件,在上苍的预言中
有些风,专门收集痛苦和叹息
有些人,为你预备了来世的姻缘。
也是一个大雪纷飞的日子
我们俩从夜晚一直走到天亮
在多年以前。
在爱情诞生以后。

中年以后

再也没有惨烈的惊涛骇浪
再也没有背叛和不忠
时光,终于可以用来回忆了。

夏花、秋霜和冰雪不再代表季节
而是你心中的悲喜。

慢慢从书橱取出一本旧书
重读。年轻时省略的愁云晦雨
现在发出一道道金属光泽。

终于可以专注地祷告了
向你的上天陈述生命中的种种奇迹。
那些能够摧毁你的事物
你只需用两根手指轻轻弹去。

偶尔也去郊游,去千里之外看海
把心仪的朋友请进你的晚秋
在诗句中埋下阵阵马蹄声。

中年以后,你还需要和某个人
有一次通宵达旦的交谈
哪怕之后,永世不能相见。

世界的孤儿

黑面包发霉。
饮用水混浊。
沃罗涅日的暴风雪弄得他发疯
一个诗人默默地记住了
这远东的春天——
木薄荷、干草垛，偶尔有黄蜂飞过。
他曾经快意地嘲讽过刽子手
也曾违心地讴歌过刽子手。
祖国把他丢弃在这片黑土地上
却没办法缝合他的嘴唇。
这个世界的孤儿
注定要与他诅咒过的融为一体。
诗人寄出的求救信
仍在几十年后经过一个又一个国家传递
草原光秃秃，延伸至地平线
浮标在卡马河上漂动。

想青海

想起它时
我总会放下手中的活计
想起它时
在热闹的酒桌上兀自发呆。
那儿没有我一寸房产
也没有为我留一块墓碑。
群山打着补丁
戈壁滩面带菜色
古代在那儿屯兵
活佛在那儿坐床……

每年、每年我拖着行李箱回去
去那里补充能量——
碗子茶刮给
手把肉香着
草原上的经幡呼唤我
祁连山的风雪把身体沐浴。

你可以说这片土地荒蛮、缺氧
只不过风景绝美。
可是我啊，长久以来在外漂泊

多少个日日夜夜无精打采
只要双脚一踏上这里
所有的伤痛和暗疾都不治自愈。

私人生活

人们都说我阳光、健康
半斤八两的好酒量……
唉,怎么说呢?
仙鹤在湖边认出它的倒影
他们看不到我血液中流淌着
黑色的毒汁。
他们不知道
我的八月里藏着个一月。
他们说,我脸上有春风
却想不出我心里装满了小清新和大悲悯。
我喜欢大提琴的哀鸣
喜欢把灵魂附在文字上滑翔。
我渴望一个"老我"诞生出一个"新我"
我更喜欢啊,知更鸟安静地飞
像光纤——无声无息。

在你们中间

在你们中间,就像在树干与枝条中间
长着各自的心事
第一枝迎春花开了
却不明了春天的盛大计划。
我是被神拣选的人
和你们不同,心中刻着戒律。
一生过于漫长
需要糊涂的日子
我在你们中间
需要给苦涩的生活加点儿糖。
阳光多么和煦
落叶在头顶上轻轻旋转
我会偶尔发呆
望着一片浮云出神……
我们喝茶,评论服装和美食
秋天成全了旅行计划
让我们百度一下大好河山
不谈政治,也不谈宗教。

偶遇南京

没有泥浆的街道
晚秋的蔷薇还未枯败
中山陵游人稀少
大屠杀纪念馆抑郁难耐……
在六朝古都
我的心事太沉重,思想又太苍白。
直到你适时出现
一道强光照彻了我的幽暗。
我们聊天,说起家乡和近况
说起蓝色大海和可爱的朋友
我有陈酒,但我们没喝
我新谱的曲子,也没有人会唱
这也足够了——空气中有蜜
灵魂得到了最高奖赏!
唉,美好的事物总有缺憾
十一月追赶着十二月。
可是……世上有一种不期而遇的相见
还有一种不说再见的道别。

我说汉语，我写汉字

我说汉语，我写汉字
除了汉语，任何语言我都不会。

汉语，我宣誓过忠实于你
并且大半辈子都在为你效力。

即使我走到了异国他乡
你也是唯一喂养我的口粮，唯一的。

汉语里有我熟悉的声律
汉字中的阡陌纵横，把我带入另一重境地。

活在你的福荫下
我为美工作，不计报酬。

你是我苦痛生活中柔软的绳索
是我欢乐泪水中的粗盐。

我用键盘锤砸你，用钢笔刻画你
用我咳出的血块塑造你。

你记录青春、彩虹和悲凉的际遇
见证可耻的沉默和偶尔的良心发现。

我说过的话语会随小溪流向远方
我写下的文字,也必将在时光中蒙尘。

这样的命运,我心甘情愿
呵护你的纯正与圣洁——我不遗余力。

生日有感

没有人记得这一天了
也不需有人记得这一天了——
生命中有山有水,有神的爱
我的心,已超越了这些凡俗小事。
还好,没有一根白发来要挟我
还好,我昨天破败的样子没有被今天看到。
我走进一家咖啡厅
卡布奇诺泛起陈年往事:
在巴音艾里草原
我暗恋过一位骑手。
这些年,我培植屈服的韧性
喂养心中的鹰。
对于过去的岁月,
我有降卑之心和不敬之罪。
现在我查看香樟树漏下的光影
我终于可以从容地迈过夏天的门槛。

在鼓浪屿草木诗经咖啡馆留宿

半夜醒来,海面上传来渡轮的马达声
使我再一次确认,身在何处
又将去往哪里。
我在无数往事中穿行、停顿
并被其中一件绊倒
不知不觉中
天光已经微亮——
大海宁静,而人世汹涌。

放下你以后

现在,我已经放下了你
放下了可耻难言的单相思
我学会了微笑,平静说话
不带有任何波澜。
我的爱也改变了方向——
不再爱一个人,而是爱上了人类和自然。
我把书卷气的爱
丢在了琥珀的记忆里。
你瞧,风吹向茫茫沙漠
我的爱学习生根,造出一片绿洲
我的爱啊,原本是草原上的格桑花
拒绝豢养又自由奔放。
在白云起伏的时候
我的爱,开始准备为黑夜点灯。
在放下你之后
我的爱,又长高了一寸。

游子回家

你们好！白菜大妈、西红柿小姐
久违了！茄子先生及小鲜肉青笋
纯棉内衣和床头的书籍
你们列队欢迎我回家。
洗一洗满脸的风霜
喝一杯越南咖啡
不苟言笑的那一位
也显出可贵的殷勤笑意。
我从哪一个港口登船
为什么延误了飞机
发现了一朵什么罕见的小花
还有，遇到了那个奇葩的人
我们谈论了哪些话题……
哎呀——这一切，真不知该从哪儿说起。

沮丧

我把一首诗写糟了——
携带它奔向一条死胡同。
我把一件事搞砸了——
没能接住,晨曦中漏下的微光。
我把摇滚唱成了民歌
错把月季当成了玫瑰。
我爱上了一个无情的情人
不回转的心,比埃及法老更刚硬。
现在,我跪在沙滩上
让眼泪痛快地流入海水
抬起头来,我第一次发现
地平线在晚霞中颤动、颤动。

为什么相逢
——读阿赫玛托娃

高山吐出的是——鸟鸣
露水滋养的是——昆虫
异域的姐姐
你的诗篇
那一粒粒熠熠闪烁的珍珠
让我在胸前
捧了多年。

我情愿借着这珍珠的光亮
奔返你奢侈、禁忌的岁月
从女贵族到女战士、女公民
姐姐。我情愿劈开
时间的锁链
来到涅瓦河畔
与你相逢。

俄罗斯广阔无垠的大地上
你跌跌绊绊
倒下又爬起
我也一样
在晨光里
倔强地仰起头来。

去佑宁寺

青海互助县以东三十五公里
山洼中长出一片金灿灿的寺院。
经幡、转经筒和藏式建筑
到访不遇的转世活佛。
薄雾缭绕山梁
细雨落地,无声无息。

哦,故乡亲切,故土难回
故土就是清水的贵德,浑水的兰州。
当我打问一位高僧的下落
赞丹树下,红衣扫地僧摘下口罩。
有些事情并非我所能解释
落叶纷纷把我围住——旋转,旋转。

雪夜想起父亲

屋子里,暖气制造出一个春天。
我们穿着薄薄的羊毛衫
喝酒、看书、听音乐
或者来回走动,或者大声说笑。
窗户外面大雪飘飞
我的父亲独自一人在郊外墓园。
他不看书,不听音乐,也没人交谈
而且他身上什么也没穿。

我的扎鲁特山地草原

天际辽阔,扎鲁特山地草原很美
诗人们的大词派上了用场
你能想象,长满青草的草地是什么样子
吹动马鬃的风又是多么空洞。
我只记得扎鲁特山地草原
一簇马缨丹和它投下的一团阴影
蒙古包的床铺宽大,潮湿
漆黑的山坡下人影闪动
下弦月在夜空中微微发黄
只记得手捧哈达的蒙古姑娘
她的酒量惊人,只记得在这里
我结束了一段苦涩的暗恋。
是啊,没有亲吻过的嘴唇
怎能说出甜蜜的话语?
没有故事的扎鲁特山地草原
哪能叫作草原?
——不过是一片草地。

羞愧

我羞愧是因为分辨不出
二月和三月,泪水掉进酒杯的味道

是因为我每天吃神赐的米和蔬菜
却不如一棵香蜂草更有用

苍鹭斜斜地插进水面
天空长满银刺,幻觉将我和生活分开

羞愧啊!面对古老辽阔的国土
我本该像杜鹃一样啼血……

再有一年,我就活过了曼德尔施塔姆
却没有获得那蓬勃的力量!

春雨沙沙

二月的最后一天
春雨不请自来。
它是不是曾经的冬雪
摇身一变成了纷纷春雨?
雪松卸下重负
长长地呼出一口气
喜鹊在集体闭关
它们并不担心明天的食物。
花朵们开始精心策划一场盛开
而蚯蚓在地下更加忙碌
严酷的风景,变成了柔和的风景
爱过的人,变成了认识的人。
这辈子有太多的事物
变成了无法破解的谜团。
我问春雨
春雨不答
只是反反复复——
淅淅,沥沥,沙沙……

柿子红了

柿子红了
落叶飘飞
那天我在小树林里
久久徘徊……
有一天,我也将
由尘世从容退场。
那时候
花香,鸟叫,蝶飞
浮世繁忙
我不再是我
而是无名的灰土
唯愿做这样的人——
说出的话
算作遗嘱
未说的
皆为诗意。

灵魂需要蜜喂养

灵魂需要蜜喂养——
野花和丁香树——不如你的话语。
穷人只有斑鸠,寡妇只有小钱
四月——飘浮着柳絮……

我们一举起酒杯,就喝下了悔恨
音乐——代替了沉默
带上世界地图——到蜂箱跟前,到海滩边
——灵魂需要蜜喂养。

离别诗

酒桌上的残茶未凉
黄昏早已吞吃进一个落日
朋友们起身道别
渐次融进了茫茫夜色。
忽然就涌出阵阵伤感:
明天就要分别,他日几时再见?
每一次相逢都不可复制
再一次相见是否又新添白发和皱纹?
抱病的要保重
恋爱的要发出光彩
平平庸庸的也没什么不好
每个人最终都要把秋水望穿。
再见了朋友!飞机、高铁,
山一程水一路
在深深浅浅或者跌跌绊绊中
慢慢学习,这离别的艺术。

春天的感恩

谢谢春雨
替干渴了一冬的麦地向你鞠躬。

谢谢蚯蚓
从惊蛰那天开始劳作。

一列高铁从华北平原划过
一群燕子给天空泼下几道水墨。

谢谢你脖颈上的小痦子
复原了我儿时的记忆。

谢谢陈年的稻米
帮我们撑过了疫期的惶恐。

杨花落满街道
柳絮乱飞,宣告一个季节抵达。

谢谢人类给予我矛盾教育
他们有时结缘,有时又反目成仇。

谢谢恩典无边的生活
让我在地上受苦,并做着甜美的事情。

小小炊烟

我注意到民心河畔
那片小草它们羞怯卑微的表情
和我是一样的。

在槐岭菜场,我听见了
怀抱断秤的乡下女孩
她轻轻地啜泣

到了夜晚,我抬头
找到了群星中最亮的那颗
那是患病的昌耀——他多么孤独啊!

而我什么也做不了。谦卑地
像小草那样难过地
低下头来。

我在大地上活着,轻如羽毛
思想、话语和爱怨
不过是小小村庄的炊烟。

早春二月,在龙泉湖湿地公园
——赠关燕山

驱车跑了六十里路
龙泉湖静默,湿地公园清冷
在这没有人声的世界中
麻雀们集体创作了第一首春歌。
我拾起悬铃木落下的干果
你折下枯死的榆叶梅
我们讨论着哪一种树先开花
哪一种树先长叶
这是漫长疫期后第一次出游
我们率先从冬天走出。
迎春花没有让人失望
黄色身子藏在墨绿色的松柏之中
而几株杏树身单势孤
羞涩地招展出粉白的手帕。
美人梅、白玉兰刚刚吐出苞芽
一切准备就绪,按照自然的律令行事。
我们就这样欢喜地迎接春天
把荫翳留在内心生长。

呼唤

在一个繁花闪现的早晨,我听见
不远处一个清脆的童声
他喊——"妈妈!"

几个行路的女人,和我一样
微笑着回过头来
她们都认为这声鲜嫩的呼唤
与自己有关

这是青草呼唤春天的时候
孩子,如果你的呼唤没有回答
就把我眼中的灯盏取走
把我心中的温暖也取走

新年寄语

相信我,这一年不会比上一年更坏
——糟糕的事情已基本过去。
骗我钱的朋友
诅咒我的坏人
遗弃我的爱侣
还有你——现在被我叫作亡灵的亲人。
我把这些装在小小的心中
上一年步履蹒跚。

最晶莹的泪啊,它无形无味
我常常错把一天当作一年。

请相信我,我会把巴黎香水洒在袖口
到阳光下健身——这一年
我要大声宣读朋友的手机短信
祝福曾经的爱人,有个闪亮前程。
我要继续对坏人保持沉默
为那永不能再见的人捧献一束青草。
一切将平静下来——我怀着新生的渴望
从下一年抽出爱的丝线。

夜宿三坡镇

我睡得那么沉,在深草遮掩的乡村旅店
仿佛昏死了半个世纪。
只有偶尔的火车声
朝着百里峡方向渐渐消失。
凌晨四点,公鸡开始打鸣
星星推窗而入——
我睡得还是那么深啊
我的苍老梦见了我的年轻……

心迹

妈妈说,诗人
风花雪月的情种
最没出息——
尤其是在这个年代。

妈妈啊,可我偏偏爱上了
这门传承已久的技艺
从不指望它挣钱、糊口,改变
我命定的轨迹。

我爱它,是当它张开欢乐的嘴唇
就有了人间秘密。
而我要站在永恒的光年中
听神说话。

妈妈,我偏偏爱上了
这些水手的船、勇士的剑
我爱这些神奇的汉语,胜过
法布尔爱他的昆虫。

那是因为……达喀尔

我虽活过,但意犹未尽
那是因为……达喀尔。

落日浑圆。
沙漠飞扬起世纪尘烟。
港口运来了欧洲和远东的传奇
也运来了凶猛的美洲虎。
达喀尔,曾被两位诗人祝福过
曾被两个太阳洗劫过。

哦,达喀尔,你那寡妇的黑袍。
殖民地的清泪。
你那神秘颤抖的翎羽。
土地上的黄金、象牙和奴隶。
你那沃洛夫语的卷舌音。
还有一贫如洗又连绵不绝的矿脉。

我读过许多非洲的书
但唯独记住了你——达喀尔。
你的宪法、议会、人口和军队
你名噪一时的汽车拉力赛……

达喀尔,是我终生向往
却永远也无法抵达的神秘之境。

山中生活

鸟鸣时
我读了一首诗
瓦房下
锦葵含着露水
端起酒杯
雨点准时鼓掌
走下山坡
清风不请自来
天黑前
我把你又想了一次。

下槐镇的一天

平山县下槐镇,西去石家庄
二百里。
它回旋的土路
承载过多少年代、多少车马。
今天,朝远望去:
下槐镇干渴的麦地,黄了。
我看见一位农妇弯腰提水
她破旧的蓝布衣衫
加剧了下槐镇的重量和贫寒。
这一天,我还走近一位垂暮的老人
他平静的笑意和指向天边的手
使我深信
钢铁的时间,也无法撬开他的嘴
使他吐露出下槐镇
深远、巨大的秘密。
下午六点,拱桥下安静的湖洼
下槐镇黛色的山势
相继消失在天际。
呵,过客将永远是过客
这一天,我只能带回零星的记忆
平山下槐镇,坐落在湖泊与矮山之间
对于它
我们真的是一无所知。

平衡律

身体开始退化,从巅峰
一路溃败到峡谷
而智慧刚刚长出嫩芽
这就是人们所说的平衡律?

誓言如此简单

我听说过太多的誓言
在半岛咖啡馆,在洋气的悬铃木下。
青年男女的手握在一起
嘴唇乞求着誓言。
海枯。石烂。永世。千年。
可我看到更多的风流云散,劳燕分飞。

那一年在藏区
阳光洗净了草原
两个藏族男孩——扎西和多吉
在破旧的羊毛毡房里交换了配饰
他们击掌盟誓,誓言却如此简单:
"我愿意为你吃土!"

居家生活

窗外一片漆黑
屋子里灯光明亮
照出了旧家具和鱼尾纹。

许多年来,我们习惯了这种生活:
坐拥书城,各居一室。
没有更多的话可说
孤独渗透了每一个毛孔。

你有你的岩村
我有我的青海。

那天去客厅倒茶
我们看着窗外,大雪初停
上弦月挂在天空。

你对我说起上弦月边最亮的金星
月亮升起时,它叫长庚星
黎明前它又叫启明星

我们讨论星象,貌似天文爱好者
忘记了窗外茫茫白雪
也忘记了星空下渺小的自己。

谈起逝去多年的朋友

春天美好,看花看海
从远处搬运春光
高速公路车来车往

在街角偶尔遇见朋友
谈起近况,谈起另一个
逝去多年的朋友

没有伤感,没有叹息
平静中带着调侃
像谈论一件与我们无关的事物

春天和煦,羊齿草茂盛
热烈的交谈回应阳光
之后陷入长久缄默

我们俩之间,忽有一阵风吹过
吹来了虚无
经过指尖,经过骨缝……

闲居钦州，念起舅妈邱如芳

如今我穿着你穿过的拖鞋，睡着你缝制的床单
翻着你读过的经书
看着门前的番石榴树
那是你亲手栽下。
我在阳台上读书，想着死亡这件事
当然也不全是死亡。
你受过的苦，流过的泪
将来史书里肯定找不到一丝痕迹。
可是你精彩的人生，一个信徒的好心肠
却在亲友们嘴上传扬……
十一月的钦州
空气湿润，适宜人类居住
舅妈，你最终没看一眼北风吹来的方向
独自攀上了天父系下的云梯。

天上的事情

除了星辰、云海、大气层
一定还有别的物质。
花坛、天使、赎罪者和地狱守门人
但是没有核弹、军火库、海啸和地震
天上的事情我们所知甚少
我也只是略知一二。

如果我路过春天

如果我路过春天
我会爱上十八摄氏度的恒温、漫天柳絮
我要轻轻拂去
小花小草身上的尘土。
我还会弹琴
给路过春天的人群听
再见人们。我会守候在下一个路口
为你们献水。
爱春天,甚至还爱上她的缺陷——
化工厂的黑烟囱和
小小贪官的酒气。
路过春天时,我抬头看到了
田野的犁铧
飞鸟翅膀上的沙子。
我庆祝新发现的一切
没有人注意我内心的阳光
我只是爱着、战栗着
而说不出一句话来。

一个人在镜中

一个人在镜中,无法看到罪性
只能看到日渐衰败的脸。

一群麻雀并不因为田中的稻草人
而收敛起自己的坏脾气。

不要以为识字就有文化
不要小瞧灰烬携带的使命。

走进绵绵山脉,穿越茫茫沙漠
你会渐渐放下复仇的刀斧。

乡道上高过人头的蜀葵落满灰尘
仍能开出红花和粉花。

非法的爱,得不到祝福
野草有时却可以成为珍稀药材。

死亡里都有一种恐怖的味道
没有谁会长久地迷恋。

在他人的泪水中,你感觉不到疼痛
只能找到逃生的出口。

落日也能发出强悍的光芒
黑夜同样会孕育闪电、诞下雷霆。

庚子年，于里大河避暑

大解在河滩上翻拣石头
白兰在农家院里画画
三月和零星雨去了老村子拍照
禾泉从菜地中刨出山药……
这儿没有南海风云
只有清凉的山风吹动玉米穗儿
这儿也没有冠状病毒
花香和晨雾轮流清洗我们的肺叶
蝉鸣，鸡叫，狗吠
灯下的飞蛾在晚间殷勤舞蹈。
这里岁月静好
隔绝了世外的喧嚣。
只是……那一夜我从噩梦中惊醒
拔去了鬓角一根新生的白发。

我有……

我有黑丝绸般体面的愤怒
有滴水穿石的耐心。
我有一个善意人
偶尔说谎时的迟疑。
我有悲哀和它生下的一双儿女
一个叫忧伤，一个叫温暖。
我有穷人的面相
也有富人的做派。
我有妇女编织毛衣时的恬静
也有投宿乡村旅店的狂野。
我经过吊桥
小丑在城楼上表演。
死亡早已瞄准了我
但我照样品尝新酒，哈哈大笑。
我有傻子和懒汉的情怀
活着——在泥洼地里、在老槐树下。
我还有这深情又饶舌的歌喉
谁也别想夺去。

儿时德令哈

那时没有省份、地理概念
没有生老病死忧思。

星星是梦,黑夜准时吐出黎明
戈壁滩就是游乐场。

那时不懂时间越用越少
以为有人真能活到一万年。

父母们粗枝大叶
小路分开白杨,总能带领孩子回家。

那时分不清青稞和小麦
但欢笑是礼物,远远大于匮乏的生活。

发小们拖着鼻涕
在样板戏、雪人和人群中穿梭。

那时不知,未来有一盘险峻的棋局
需要我们用一生来博弈。

老约翰谈一场战事

华盛顿,阿灵顿国家公墓。
九十二岁的老约翰摘下了他的棒球帽。
关于一九四四年那场战争,他说:
"盟军 B-29 轰炸机群
摧毁了捷克斯柯达兵工厂。
哦,你问纳粹?他们当然要反击。"
炮弹击中了多数战机
可没有一架在空中爆炸。
飞行员驾着受伤的战机返回基地
他们既恐惧又疑惑
机械师发现了弹头里的字条
那是捷克士兵写给盟军的——
"对不起,我们只能做这些了。"
"感谢上天,被临时征作士兵的捷克工人
站在我们这一边
那些射向我们的炮弹
装的全是沙土。"
飞行员约翰老得已忘记了自己的姓氏
但对一九四四年这场战事
却一直记忆犹新
当然也包括那些从未见过的捷克人。

这儿是外省,这儿是他乡

陕西是我籍贯,青海是我故乡
而这儿该把它叫什么?

公园里有假山
大街上挂满了标语
缓行的云朵偶尔会遇到彩虹
有时,我独自在洋槐下发呆……

这儿是外省,这儿是他乡
这儿既没有世亲也找不到仇敌。

帝王的墓——阳光下的小土墩儿
空气颤抖——誓死要把异乡人的野性驯服
唉,假如非要我给它一个名称
这儿,是最终埋葬我的地方。

我还能活多久?

我还能活多久?
我问树荫下熟稔流星赶月的盲师
问白云观精通八卦的道长
我打问一棵橡树的年龄
一只野鸭的去向。

我还能写多久?
像米沃什先生、辛波斯卡女士
像沃尔科特还是 R. S. 托马斯?
这些与词语作战的老家伙
思想里储满了金子。

我只是运走了古老时间中
沙沙作响的残渣。
啊,生命冒出的青烟——无形!
爱的立方根——无解!

小饮马泉村访友

秋天的哨声低迷
小饮马泉村边泉水清澈
我有一个兄弟在此扶贫攻坚
他有满腔的雄心
和无人能及的好酒量
在这儿他精通了孤独的学问。

村子里有铺满玉米的街道
村口晒太阳的老人
我看到他们那神秘的微笑
恍惚有契丹人的影子。
他们中有的能活到七老八十
却没有一个能活过古堡、戏楼和真武庙。

黄昏倾倒出一轮落日
飞狐古道上看不见烽火狼烟
我的兄弟挥手道别
我看到他衣服上铺满暮色
我想象着古堡的冬天,安静,清冷
当然也想起了别的。

两个姑姑

听说我有两个姑姑
可我至今从没见过。

汉中大地的两个普通姑娘
织粗布,打蒜薹,做搅团……

瓜熟蒂落时秋风瑟瑟
在我出生前就嫁到了外乡。

没有留下照片,没有片段故事
除了祖母,兄弟们再也无人提起。

大姑和小姑,你们一定长得很美
有桃花的粉红和黄土的朴素。

哦,虚无的姑姑,在空气中划过
家谱上没有名氏的姑姑。

我也是陕西的过客,无法撼动
宗族这棵盘根错节的大树。

如果你们健在，也该八十有余
今生见与不见，也没必要了。

只愿你们生活富裕，床铺簇新
塑料项链换成白金项链。

总会有一个人

总会有一个人的气息
在空气里传播,在晦暗的日子闪闪发亮
我惊讶这颗心还有力量——
能激动……还能呼吸……
和那越冬的麦子一起跨过严寒
飞奔到远方。
总会有一个人
手提马灯,穿过遗忘的街道
把不被允许的爱重新找回。
总会有一个人吧!
在我失明前变成一束强光
照彻伤口和泪痕、我经过的山山水水。
冷杉投下庄严的影子
灰椋鸟忧伤地在林中鸣叫
仿佛考验我们的耐心,一遍又一遍。

从河北来到河南

开车跑了四个小时,从河北来到河南
终于在黄河边上停下。
小蓟开着红花
众鸟的歌声热烈友善
河水混浊,但天空明朗
树林中透出缕缕光影
无人打扰的村子
在日落之后更加静谧。
想起近些年来
一直乐此不疲地奔波在旅途
我在逃避什么?
又在寻找什么?
我痴迷于这样的困惑
不知是爱上了山河,还是爱上了自我。

诗歌和我

从陡峭的斜坡向我迎面走来
你和我,相遇在一个尴尬的年代
我们拘泥又凄凉
像秋风和落叶拥抱在一起。

不要给我戴上桂冠,只有荆棘
才配得上我的歌声。
我对你,充满影子对光的敬意
又好比工匠对手艺的珍爱……

我试图说出更多
人心的距离和哀伤如何在体内滋生。
你撒种——我就长出稻子和稗子
我们不穿一个胞衣,但我们命中相连。

十一行诗

祈求美在变化中更美
祈求书中的文字、网络爱情
不可靠的种种奇迹。
尘土和悲哀,曾经是
我的生活
现在,它们不是。

现在我喜爱落日凄迷时
怀着平和与沉静
透过模糊的泪水
来看远处一座座
站起的山峰。

我以月亮上下弦计时

这封信写给一位骄傲的大师
加急快递,远渡重洋
我以月亮上下弦计时——
不算已逝的昨天和未到的明日。

冬日在卧佛山脚下散步

散步到卧佛山脚下
不能再往前走了。
抬头是卧佛仰面朝天
密林的秃枝挡住了我们视线。
谢然回望来时的小路
原来竟是踩着黄金地毯走过。
冬日的阳光加入我们的交谈
时而热烈,时而慵懒
有一棵树难住了我们
分辨不出是龙爪槐还是蜡梅树
寒风把叶子和果实洗劫一空
初春和盛夏可不是这样。
枯叶尽头,我仿佛看到了我们的晚年:
分不清性别,看不出成败。

成熟

年轻时,你的每一种情绪
都可以找到安放它们的窗台
通过哭泣、旅行,通过温情的诗行。

中年以后,当你走过万千沟壑
学会了把它们摁灭在心里
通过沉默、叹息,通过渐渐变白的头发。

当我死时,如果你还活着

当我死时,如果你还活着
那时你也历经沧桑
没有一滴眼泪
只能端起茶杯,回忆、回忆。
一起坐过的草地
那时满目荒凉
一起登上的山坡
那时变成了遗址
记住月光下
我也曾经年轻,提裙走过
记住草尖上划过的风
带走了朗朗笑声。
天堂的门票太贵
我们需要积攒一生
替我把青海再望一眼
当我死时,如果你还活着。

自然律

不是每个人都必须攀上奇峰绝顶
被星辰浏览
就像有些树也不开花
有些花,也不结果。

投向大海的漂流瓶

那时我们相遇在黄河岸边
两颗灵魂靠在一起
那时我去看你
海水搅动着浪花……
很多年了。
你不曾说过喜欢,我也不曾提起爱
只是在春天柳絮飞扬时
我偶尔会想起你来。
只有在醉酒后的晕眩中
你才变得格外清晰。

太骄傲了!我们都不屑于经营
人世间的花草
在虚构的宫殿里交谈
我们从未爱过——今后也不会。
很多年了。
黯淡的生活摧毁了多少人和事
有了你,我头顶飘着彩云
让后人去解析这美妙的谜团
我把你的名字捂在胸口
直到迟暮,直到残年。

落叶

到了秋天,大家会踩着落叶走过
到了许多年后,妈妈和我也像这些落叶
先后从人间落进泥土
人们啊,愿你们踩着泥土,轻轻走过……

你的孤独淹没了我的道路

夜空邀请了星星
时光软化了青春期的冥顽。

妈妈,你从疲惫不堪的中年
来到琐碎无助的老年。

光电合成,多媒体时代
可是没有一条信息与你有关。

你专心侍弄着花草,年复一年
从未收到过任何请柬。

黄昏渐近,你携带死亡的阴影潜行
东方传来急促的号角。

不要离开我!
不要把悲哀的韵脚嵌入我的体内。

妈妈,你的疾病催生了我的白发
你的孤独淹没了我的道路。

老友记

没有了厄运可以分担
也没有大欢乐一起分享
我们既没有上过战场
也没有一番成就。
平平淡淡,三十年过去了
我们活到了让人尊敬的份儿上。
多么悲哀!
多么尴尬!
在座的编剧、诗人、公务员、书法家
体制外的和体制内的
岁月模糊了我们的性别……
有人讲起上世纪一桩轶事
有人最终解开了那个谜团
然后大家共同举杯
啤酒沫溅起阵阵伤感:
为了初心,为了诗歌,为了底线
为了永不再现的青春。
从前我们都爱看满天繁星
把命运投寄到远方
如今月光勾勒出我们的剪影
一片沧海桑田。

询问

……你甚至了解一首诗的确立。
每一个命运背后,藏着的狰狞鬼怪。
而我,不过是这烈焰烘烤中
侥幸存活的那一个。

女神,你为何偏偏选中了我?
一粒沙的飞行。你相信?
难道我真能沿着干涸的河床,找到永恒
——那秘密的涌泉?

读卡尔维诺《美国讲稿》有感

写诗的人走了
乘坐他锦绣织成的飞毯。
论诗的人也走了
收起他那驱赶闪电的鞭子。
那个时代,读诗的人也在凋零
走向时间的尽头。
只有这些闪闪发亮的文字
还在。在世代读者手上流传
在山冈上倾斜的细雨中。
在某个清晨青花瓷的光泽中。
在一声惊叹中
为我指出了一个路标和一条歧途。

因为你

因为你,
早春的紫罗兰提前开了。
因为你,
我有了奇妙的青春之旅——那梦中的梦。
因为你,
我不得不吸进空气中的尘粒。
也因为你啊,
我还能够在艰辛的人世间边走边唱。

世界残酷又美……

世界残酷又美
有时罪行需要树荫遮蔽。

迪士尼从彼岸飞往上海
转基因出现于寻常百姓的餐桌。

大自然有法可循
弱小的国家仍为疆土战斗。

哦,燕子!这风雨的精灵
从遥远的飞翔中得到了力量。

人们为爱饥渴,为欲望燃烧
但总有一些心灵获救于美。

世界被一只魔掌控制
幸好大海的言辞安慰了我。

矮小的阿提拉,挥舞着弯刀
在马背上咆哮。

与朋友喝茶

一个癌症,一个肾衰竭
酒是不能喝了。
我的朋友被砌进了石墙
被疾病钉在了这个夏天。
我带着苦涩的爱
小心翼翼地给他们倒茶。
"你的吉他呢?笨蛋!"
"还有你,你的黄段子呢?"
我们说笑
把沉甸甸的伤感,挂上衣架。
一条幽深莫测的溪流
从我们各自心底淌过。
我们交流案件、旅行和电影
可关于死亡,我们都没有经验。
我的朋友啊!
九月将至,葡萄爆裂
我们来把新酒酿造
届时,你们可不能缺席。

彩虹之夜

多少年后,我依然会记得这个夜晚
青海的风凌冽
吹去了外省的尘埃和忧烦。
衣郎、永刚、草人儿和我
驱车行驶在互助街头。
车开得很慢
我们说笑,又轻又慢。
这是流星,那是海浪,这是彩虹……
我们辨认着满街彩灯
惊叹于人类将自然再度创造。
草人儿的红皮衣,永刚拿着相机
衣郎中间接了电话。
那时我们脸上都有光泽
只是少了我心仪的那人。
土族歌谣漫过扎隆寺
彩虹攀上了夜空。
那一夜我们谈论了些什么
恕我已经想不起来。

学习

方法论不管用,而辩证法
无法修正一个诗人的悖论。
我认识的事物太少
芨芨草的枯荣,海底飞鱼的秘密。
雪峰照耀着一张恸哭的脸
和她衣襟下隐藏的强大力量。
爱也有它的艺术。我学习——
找到一个词的词根
挖掘,一刻不停地挖掘
直到那口泉眼枯竭……
直到晨露洗净我身体里的哀伤
时间,将分娩出另一个我。

第二辑

头戴星星的人

疫期重读《神曲》

重读但丁,是在三十年后
在薄雾弥漫,一眼望不到尽头的清晨
烧脑,费解却又沉迷于此
咖啡的香气飘散到窗外。
注释长过诗歌
诗歌又长过漫漫疫期。

随着地狱之门在眼前渐渐敞开
我惊诧,它真的存在:
那个叫米诺斯的地狱守门人
仿佛也是我们小区夜间巡逻的保安。
伟大的导师维吉尔、被流放的诗人
一同行走在恐怖的山林。
罪恶的佛罗伦萨,白党和黑党
哭嚎、忏悔、沥青和火雨下的酷刑……
荷马、苏格拉底、柏拉图和亚里士多德
伊壁鸠鲁和出卖耶稣的犹大
在地狱,这些人在沸水中煎熬
所有的好人和坏人都是罪人。

重读但丁,是在十年之前
当我沐浴了神恩以后。
渐渐开始理解了黑暗的中心如何旋升

人是怎样堕入深渊，又是怎样涤罪洁身
正如在炼狱，但丁额头上的七个P字
经过七层台阶才能得以清除。
当然也有天使引路
山峰抬高了灵魂，幽灵们从烈焰中经过。
我坦承，此时我也生活在人间炼狱
病毒、洪水、恐慌，战争一触即发
人们来不及反思
灾难是如何形成了千年冰川。

重读但丁，是在年过半百之后
河边的柳枝含着幽怨
重症监护室，受难的人们是否想到
这世上还存在一个天堂？
那里有花环、歌舞，庆祝获胜的队伍
火焰来自双枝烛台
星辰把穹隆照得通明
但丁重逢了他的贝阿特丽切
而那位至高者端坐于光的中心
但丁惊叹："天上的每个地方都是天堂。"
是的，我也相信天上的事情
尽管此时在人世间受苦、啜泣。

重读《神曲》，是在这世界充满变数之际
是在人心变得刚硬
大地裂开了缝隙之时
我读得很慢，仿佛需要下半生时间
细雨浸染着书中每一个文字
古典乐器中夹杂着忧伤的萨克斯。

去熹悦和境茶书院

黄昏时分,落日在西山流连
薄荷和天人菊在大门列队迎接我们
朋友们久违了——都是远道而来
为这庚子年第一次相聚。
啤酒、花生、烧鸡,热烈的羊肉串
主人的盛情溢出了这漫长的夏天。
一个说起苦涩的婚姻
另一个谈到疫情和微薄的养老金
不过也有意外的欢笑:
小主人用橡皮泥,做成了人生第一笔交易……
我们就这样把悲伤的日子掺进一点儿蜜水
失望过,却依然怀着爱意。
灯光引来了飞蛾和叶蝉
月亮从云翳中钻出,好心地把夜晚延长
朋友们谈兴正浓,子夜时才说到
赫尔曼·黑塞和他的水彩画。

都说时光如水

你无形无味,难以被我们描述
只在线装古籍中留下痕迹。
《诗经》中的植物
有的改了名字,有的已经绝种。
从冷兵器到核战争
人们已将国土重新分割。
没有谁得到过你的垂怜
能够战胜死亡,并超越死亡。
大地匆匆翻阅着四季
星球转动,日夜不停。
他那白发和皱纹
取代了曾经的花朵、激情和野心。
哦,都说时光如水
都说你千秋万代不曾断流
你把日子研磨成粉末
给每一个人喂下。

莱斯博斯岛上的萨福

她宣布海伦私奔无罪。
她不爱骑兵、步兵和战车
不爱华丽的宫殿、国王手中的权杖
偏偏爱上了不该爱的渔夫法翁,以及
跳舞唱歌的女学生。
贡古拉是谁?
安娜多丽雅是谁?
埃及出土的莎草纸已是残篇断句
关于她的线索渐成谜团……
可是很久以来
我们知道她是那第十位女神
身披一袭红色希玛纯
在莱斯博斯岛上,把里拉琴弦拨响
苍茫无际的爱琴海啊
日夜诵读她的诗篇——已经两千多年。

写诗

我写诗,长诗和短诗,失败的诗
不能发表的诗……
从一个人的伤口到辽阔世界的疼痛
从青春年少写到了老眼昏花。
常常,我在白纸或电脑前
迷失于词语的森林
而找不到一柄刀和一支枪。
偶尔,我也会走到窗前
看一眼雾霾中的城市
它抖动着威严的紫色大袍,未能使我免于恐惧。
我也时常在古典和后现代岔路口
左右摇摆不定
更多的时候啊,我只听从女神引领
给草药加点儿蜜——把泪水熬成了盐!
诗歌的桂冠请你们去领受
我的野心不大:
在浩瀚的文字中留下,哪怕是一小行诗句
沉甸甸的——像金子。

南海秋赋
　　——兼致钦州众诗友

还是不要说再见吧。就让我悄悄离别
这个南方海腥味的小城。
我喜欢这儿——空气清新
植物茁壮,有米酒和朋友
有南屿、祝迎、海哥、旭霞、杨英、麦琪……
还有那涛声为永恒伴唱。

想一想我们多么幸运:
海水在暗处汇聚,诗歌在头上闪光
李南不是被贬谪到此
钦州也不再是史籍中的荒蛮之地。
秋天倾倒出它全部浆果
可人世短促,有时不及一声叹息。

我也走遍了南北东西
一边赞美自然,一边热爱人类。
更加珍重亲爱的朋友
愿你们笑脸灿烂,明亮如星辰。
还是不要说再见吧,让晚风悄悄移动
给相逢涂上金色的花边。

你手持美的授权书
——给肖黛

我们还会重逢
长长吸一口草原的气息
西宁的阳光热烈
适合拥抱或牵手,姐姐。
青海湖的水啊
刷新了蓝色的形容词。
溪流、油菜花、夏宗寺、老于坚
石头上胡乱搭放的外衣。
你是淑女,也是妖精
你是我心中狂野生出的枝蔓
姐姐。你手持美的授权书
领受着生活的精彩和失败。
"把热烈改造为冷静……"
那天你在微信上自言自语。
格桑花从古代一直开到今天
而你满身是双重的时间:
童年的,青年的,中年的
哦,我的百变女郎
我相信你拥有一个秘密的黑洞
在那儿,谁也不曾造访。

人们知道自己必死

人们知道自己必死
就在活着时忙忙碌碌
种地，打工，买房，娶妻生子
更利己的人也忙忙碌碌
贪污，享乐，为权力打斗
不惜放出心中豢养多年的恶狗。

人们知道自己必死
却无力破解这千古之谜
就寄望于死后获得平等的礼遇
早早地立下遗嘱，分配财产
预订了土豪金骨灰盒
选好了依山傍水的墓地。

记录

露珠独自在荷叶上跳舞
它创造了经典的美。

死亡的追光跟在新型冠状病毒身后
街区空荡,荒凉爬上了每个人嘴唇。

仿佛一个时代回光返照
那些人在恐慌中呼救、在炼狱里摸索。

因为破解了斯芬克斯之谜
俄耳甫斯羞愧地戳瞎了自己的双眼。

而我使用着这些古老的文字
这一辈子只能写诗——抚摸人心。

今年三月,蜜蜂再也不会飞过山冈
为养蜂人吊唁、送别。

今天我无所事事

阳光并不灼热,田野的玉米正在成熟
这是夏日难得的好天气。
今天我不读书,不看账单,不还贷款
不浇花,不喝酒,也不思念什么人。
我去郊外的杨树林坐一坐
看一看那些慌慌张张的爬虫
听一听蟋蟀怎样弹唱
灰鹊如何建立和谐家庭。
我用形色认识了知风草和绣线菊
用嘴巴吸进了花香!
当人们去开会、挣钱,挣钱、开会
今天我无所事事
大自然总是比人世可靠
清风使我喜悦,河水平息了我的狂躁
左右摇摆的柳枝,你为何献上舞蹈?
低飞的雨燕啊,你想对我说些什么?

幸运之年

墙上的牡丹没有飞出窗外
喜鹊和乌鸦也没有落入罗网。
这将是我的幸运之年:
四季如期值班
灵魂还在震颤,对你的思念
也还没有停止。
天空中拖出一道道白线
将把幸运的人运送到远方。
葡萄酒,新电脑,手机短信
祈祷的每件事都会兑现。
这座灰色的城,已把我青春耗尽
我曾在平庸而残酷的日子里度日如年……
然而请相信,生活总会旁逸斜出
你将意外地获得通行证
通过一支无言的旋律
通过瀚海中飞起的浪花。

致沉默的人

从前我认为爱情就是生命
诗歌就是信仰
我读烧脑的哲学
晦涩的布罗茨基,寻找现实中的瓦尔登湖。
但是,要找到沉默的源头
并不是件容易的事儿。

这些年,我走访了山河大地
听到过宁静和哀伤的交响曲
也看到过贫穷的阴影
干枯的麦地和田间更加干枯的孩子。
而写字楼中,诡计与良知博弈
人们修炼——向着自说自话的境地。

从现象学中抽身,从社会学中退出
如同士兵撤离了战场
悲伤的人无法开口歌唱
我理解了一树丁香拒绝开花
理解了沉默的人,在"说"与"不说"之间
走了那么多崎岖山路。

几条忠告

如果我们还有力气,请不要跟我谈论爱情
亲爱的
让我们把白酒斟满,然后痛饮。

如果我们还能邂逅,和那美好的人儿。
亲爱的
最好别相逢在有鱼腥味的菜市场。

如果我们整日劳碌,依然一贫如洗
亲爱的
你不妨去开采内心的金矿。

如果我们人到中年,还不曾忏悔过
唉,亲爱的
你等于眼睁睁地虚度了人生一大半。

如果我们死心眼,去奔赴一条小路
亲爱的
你要学会放弃光明大道。

如果我们白发苍苍,靠在一起取暖
啊,亲爱的
请你替我掸去袖口上的尘土。

秋日私语

落叶铺满铁轨很美
去香山看枫叶很美
秋天来了,平原上一片荒芜
大马士革已经奄奄一息。
这时雁阵正飞过秦岭山谷
猎人们开始准备过冬的长靴。
忌日、生日、纪念日、新生日
渐渐向远处飘走……
我嚼下一片秋天
那苦涩的滋味让我更加沉默。
看着我的同类,他们祷告
紧紧守护着自己那捆柴火
祈盼那个救赎者驱赶身边的撒旦
除此之外没有丝毫抵御能力。
想到我们一同在这世上受罪、呼求
我就哀伤,就乱成一蓬梭梭柴。

日耳曼的文明人

他们从柏林赶来
在鲜花、美酒和冷餐间寒暄
讨论德国、波兰、俄国的战事。
他们是将军、上校和博士
精通法律,欣赏舒伯特的交响乐
他们自诩为有良好教养
血统高贵的雅利安人。
绝育和枪杀
不是最好的选项。
他们用科学论证了一个可行性方案:
淋浴室的一氧化碳
送进去时是红色,而拖出来时变成了粉色。
他们当中也有人不适
跑去盥洗室平息片刻。
强硬的海德里希只对元首负责
当然更多的是帮凶……
没有异议者,没有弃权者
这些爱好和平的人
都盼望着战争结束,明天美好——
当然,首先犹太人得从地球上消失
这群日耳曼的文明人达成共识。
一九四二年冬天,在万湖别墅
白雪覆盖了这个肮脏的世界。

克图口镇,与友交谈

得有一片银露梅盛开。
也得有一棵向着遗憾生长的歪脖树。

生活刨出的碎木屑
堆积成山,已经把美丽往事淹没。

那些用铅笔勾画的警句
最终没有成为现实。

和某人一起赏过的下弦月
这么多年后,再也没有重现。

想起那年在日月山
一只鹰从头顶上低低飞过。

红日子,灰日子
把我们漫长生命一一填满。

眼看着大雪封山
可一些事情,至今没有答案。

近况

这个土里土气的城市
有时重度雾霾,有时晴空万里
我不再抱怨空气
和众人一样学会了忍耐。
朋友还是那么几个
正好是衣服上的纽扣。
明年春天,地铁开通
人们将进入一个加速度时代。
只是我比以前更慢了
慢慢返回我的青年、少年和童年。
工匠正给铁钟抛光
邻居拎回了新鲜蔬菜。
我正在学习删繁就简
偶尔去郊外看看过冬小麦。
说话间又快寒食了
还得去陵园走一趟。
对了,我比从前胖了点儿,老了点儿
岁月正将我拖向山谷底部。

后疫情时代

一切都改变了：
长满山坡的向日葵无人收割
盼望已久的婚礼遥遥无期
港口上，一艘艘货轮接连抛锚。
疫情期间，我们说得最多的话是"保重"
我们想得最多的是"生死"。
麻雀们停止了吵闹
狂躁的梧桐树也变得低调
洪水冲走了茶叶、房屋和轿车
股市曲线跌宕起伏。
多少人盘算着远走他乡
多少人提前交代后事、写下遗书……
这是后疫情时代的次生灾难
这是预言中斜逸的旁枝
我们活着，结出苔藓
我们爱着，把一天当作一年。
海水在沙滩上喘息
雷电在天空积攒力量
上天会不会给我们预备个新世界？
沉默的山风点头又摇头。

眼看着玫瑰……

眼看着玫瑰的干枝,在你枕边
耗尽了水分。妈妈
你曾经润泽的脸
在病榻上转暗、转暗。
妈妈,我是多么惧怕!
你抛下我们,独自转身
奔赴另一个地方……
你的慈爱
长久地隐蔽在叶片之间
你的沧桑
却是我无法追赶的星阵
妈妈,你一生都在做一件事情——
让我们弯曲的道路
变直。

乡居的日子

乡居的日子,一切安好
格桑花探出木栅栏
四只鸭子骄傲地经过我们
卸甲河水面带愠怒,拍打着石头。
每天清晨,叶片都含着露水
对门的朋友开始洗漱
我总是对着东边的日出开始晨祷
我的你啊,我信你与我同在。

乡居的日子,一切并不平静
石板路上鸡飞狗跳
微信群中掀起阵阵波澜
谈判失败,对抗白热化
有人房贷没还清,有人疾病没根除
大部分人陷入深深的沉默。
我总是对着漆黑的西山晚祷
我的你啊,我信你始终与我同在。

新疆很美,美到只有忧伤

有一个凌晨三点,我一直珍藏。
有一片胡杨林,奉献给我完整的剪影。
回忆我们沿着天山脚下行驶
车子是断了翅膀的铁鸟。
回忆巴音郭楞遇到一个醉酒的男人
他哭了又笑,笑了再哭……
手机中的美景无人分享
雨水沿车窗玻璃流淌
我惊叹塔里木河如此寂寥
没有浪花,也不知春夏。
我的朋友们热情而含蓄
所有的喜悦和苦痛都沉淀在酒杯底下。
关于新疆,我的记忆只有这些
不会有太多的赞誉和太少的诗句
以一个过客视角来看它:
新疆很美,美到只有忧伤。

编年史遗漏了小人物

编年史遗漏了小人物
野蛮人造不出核武器
可是茫茫戈壁滩啊
教会了我合唱中深沉的低音部。

谁的手编织着花篮

谁的手编织着怎样的花篮?
什么样的飞鸟,它的羽毛最美?
哪一颗恒星不与大地交汇?
为什么一滴水是你心中的一片汪洋?
唉,短命的小蜜蜂啊
你这是急着赶往哪里?

年轻的时候,我喊喊喳喳
爱倾诉也爱聆听。

当岁月把这些美丽又好奇的疑问
运送到了远方
我见到过一些沧海桑田。我想
耐心地等到这个年龄
就是为了让沉静的话语
向着心里走啊,走。

一个诗人的晚年

再也不能带领两条河流散步
指挥百花竞艳
再也不能组织一场词语的暴动
终于,他老了。
多少次他悲哀地望着镜子
任由身后那道门
缓缓地关闭。
他喜欢冒险、攀登、吹牛
路遇新鲜的姑娘和山谷中的薄雾
借着五十度以上的酱香型白酒
点燃熊熊野心。
那时他还年轻,心思总在远方
在诗中盛放夏天的茂盛……
现在他有了难言的苦楚:
视力减退,书本上的字迹离他远去
嗅觉迟钝,分不清花香和烈酒的味道
微创手术,看不见的内伤
而痛风让他有了欲死不能的绝望……
偶尔,他在半夜醒来
到阳台上点燃一支烟
他呆呆地望着星空
仿佛找到了但丁在炼狱中看到的三颗星辰。

记忆有时也断流

记忆有时也断流,就像溪水。
就像老人们谈论生死
轻描淡写,却漏掉最伟大的事件。

我当学徒时的工厂,早已夷为平地
我初恋的情人
今生再也不要见到他。

现在,我的生活只有奔跑和遗忘
在我散步的民心河上空
记忆跟随着鸟群飞远、飞远。

我紧闭着嘴,寂静又孤单
并且永远寂静又孤单。

秋夜梦到逝去的友人

仍然是宁波老外滩
柳枝摇摆出湖中倒影
你被一束光线绊倒
坤包里,镀镍硬币撒了一地……

三年了——我的朋友
你在那边怎么样?
秋天渐深
有没有一件绣花披肩?
草地上的木椅
一定堆满了枫叶
你喜欢的拿铁咖啡
应该是现磨的吧?
那些困扰我们的问题
想必也有了答案
看书上说,那边取消了四季
没有疾病,也没有死亡。

这边还是老样子
每天跟着每月,每月跟着每年
我们拍照过的那棵树

上面多了个鸟窝
一起走过的那条小街
尽头升起一片浓雾。

忆后主李煜

都说你是个亡国的皇帝
把南唐江山拱手送给了北宋。

满腹经纶的皇帝
敬虔拜佛的皇帝
你那写诗的手怎么能抵挡刀剑?

通音律,精书画
你的书房红袖添香
又怎能去当那个注定亡国的君主?

面缚衔璧的皇帝
一步三回头,每一棵树木
每一根廊柱都是箭镞穿心。

被俘的皇帝,心系江南
开封城中容不下忧愁的诗人
一杯毒酒把你送到了天涯路。

当年北宋大军陈兵金陵城下
听说宫中的梅花陡然盛开
一瓣又一瓣
如残阳,似泣血……

不应该的事物

一个富人不应该瞧不起穷人
他梦想进天国
比骆驼穿过针眼还要难。

人类不应该瞧不起一只蜜蜂
它热爱劳动,有狂喜和惊讶
并不比懒汉缺少什么。

过路人不应该怠慢钟表
那秒针是一把钝刀
足以让灵魂发出哀鸣!

黄昏不应该撤去最后一道光线
运河、垂柳、作业本和小提琴
将在何处安放?

当我们不再抬头看星星时
星星眼里就储满泪水
广袤夜空传来它难过的追问。

谈起幸福

为什么我们把生活
过成了破旧的日子，一个接一个
为什么把父母给予的粉嫩婴儿身
弄成了千疮百孔的老机器
为什么年轻时我们是那么粗鄙
听不懂小提琴的哭泣
为什么城市动脉被淤泥堵塞
而枯叶抬起乡村的黑棺材
为什么爱情得用金钱称量
我们的孩子都变成了佛系青年
萧萧落木中天际寂寥
人们啊，为什么要在等待中完成一生
当我们谈起幸福，幸福不再闪闪发亮
它有了可疑的、细细的裂纹……

访徐霞客故居

那棵四百年前的罗汉松
还在。那幢明式七间二进瓦房
还在。我们在胜水桥上拍照
草木争先恐后赶来点缀画面
线路图复活了主人的足迹
大地无限,多少山脉和河流都得到记载
哦,古代的背包客
骑马,乘船,走步
用身体丈量山峰的高度
用文字填写地理的空白
此时,他手执草帽,笑盈盈
披着一身风霜,归来……

奢望

需要一道山坡
——斜斜的。
需要一座老式钟摆
——停止的。
需要一盒钻石香烟
——蓝色的。
需要一片草地和一个星空
需要把手机调到静音。
看月亮出来致辞
看秋蝉热烈地鼓掌。
还需要一个人
和另一个人一起看星星。
直到秋风渐起
直到露水打湿了裤脚。
偶尔说点儿什么
或者什么也不说。

诗人们不再谈论诗歌

这是七月末的某一天
在农家院里,在葡萄架下
青涩的葡萄还未变红
诗人们喝酒、饮茶,却不再谈论诗歌。
听雨,赏月,发呆,看山区天气
偶尔被一阵凉风搅散了话题
最热烈的还属聊起家常
从小时的连环画到第一次约会
从儿女近况到孙子上学
突然间又切换到结伴养老……
真的,诗人们老了
纷纷感慨时间这头怪兽
啃吃了生命中最丰腴的部分
把我们伟大的渴望转变成渺小的生活。
诗人们不再谈论诗歌
在避暑的乡村里,在葡萄架下
回忆往事,这样的日子也许今后不会多了。

倒影

有时,倒影比事物自身更迷人
它独具一种不可言传的美。
云朵、山脉、松树,茫茫大海中的灯塔
画出倒影——几条虚线就够了
可是要捉住倒影
比写出天书还要难
它们都有一个神秘的灵魂
沿着波纹线条逃遁。

头戴星星的人

能再次见到你,先生
这样真好。
在这北方最大的城
我们还能谈诗、赏画,聊聊家国
还能在飘着细雨的小街道别
这样真好。
先生,秋天的北京城
不是我们的城
我们是异乡客,打工者
和头戴星星的人。
长安街上滚过雷霆
又在京剧的唱腔中缓缓停住。
所有的路灯不明也不暗
让人分不清白和黑、南和北……
就此别过吧,先生
让快递公司带来南方的好消息
一路平安吧
愿希望之手解开捆绑我们的锁链。

有多久了……

有多久了……
那一刻,我在白丁香树前停下
喃喃自语。
有多久了
我怠慢了纸上的清风
和天上的明月。
没有拥抱和亲吻
也不再梦到谁。
有多久了?
没有和三两个朋友在烧烤店
借着酒劲,说说疯话
有多久了
我抱紧双肩,深深地陷入黑夜
并成为黑暗的一部分。

你走后的世界
——忆刘章先生

昨夜春雨下了一夜
先生,如果你还健在
或许会为它们喝彩
或许会为它们惆怅。
燕山深处,一个农民诗人
在文字中开辟了崭新的天地
如今你卸下所有粮食
静悄悄地空手离去。
自你以后,我每年的拜年电话
成为一个无人接听的空号。
自你以后,每年春天的温馨交谈
化作记忆中一道道光影。
先生,你走后的世界
比你在时更加纷乱:
人心长出一条条裂纹
疫情仍是悬在空中的利剑。
你走后,我一遍遍在心里唱歌——
"马车从天上下来
把我带回我的家乡……"
春天缓缓展开了画卷
百鸟仍在合唱,蚯蚓在地下涌动
可人间有了不一样的哀伤。

告别辞
　　——悼昌耀

告别不必见面,告别可以在诗中
春天送达了一个诗人的噩耗……

青海高地上的筏子客,那一天
独自划离了大河。

你自成一座孤岛。
你消耗着自己,与词语同归于尽。

你的高车呢?你的土伯特女人呢?
在哪里我才能再次看到你那嶙峋的诗行?

一封永远没有回复的信件
终于有了它的下落。

一场失之交臂的闪电和雨水
终于不谋而合。

朝圣的路途遥远又崎岖
我将抵达——而你已离开。

听庞白谈起水手

"水手没你们想得那么浪漫"
在钦州北部湾
我们吃海鲜,听诗人庞白谈起水手
海浪在不远处翻涌。
说起这位海运学校的毕业生
前三副,现诗人
说起大海辽阔、苍茫
水手在船舱的狭小世界。
短命的船长,钟爱摇床的水手
性饥渴和心理疾病。
说起祖孙四代,抵押给大海
命运诡异的魔咒……
我们听——直到海面升起星星
直到心中泛起一层盐碱。
最后,庞白说:我痛恨大海
背叛了大海,却永远摆脱不了大海。

清明，在冀东山区

并没有下雨。
路上的行人说说笑笑
杜牧营造的悲伤氛围
被一波又一波山风吹散。
老村子破败，野草爬上了窗棂
还乡河干涸成瘦瘦的洼地
一切显得那么暗淡无光
幸好有留守儿童嬉戏
红扑扑的小脸蛋
为这半死的村庄提亮了色彩。
坟冢在半山腰
被一片片核桃树环绕
田埂上坐着歇息的老农
他曾被苦难压伤
如今变得老迈、麻木。
当然也有梨花和杏花
为我们提供了拍摄素材。
农家院里堆满了玉米和干柴
偶有小汽车从村中穿过
没有人抱怨，一切都稀松平常
只有一年又一年的守望
一代又一代的劳作。

泪与笑

巫师拥有咒语
屠夫随身携带剔骨刀
那至高者隐约在山林上方闪现
可是我……只有装满了泪与笑的花篮。

中年况味

记住一个词需要反复几次
忘记一个人却在分秒之间。
窗前的梧桐越来越粗
世上的亲人越来越少。
回忆越来越多
而泪水越来越少。
这些年,我奔波于
病榻和坟前
面对险峻的山峰
懂得了望而却步。
那一晚,我辨认着天秤星座
估算着飞向那里的距离。

灵魂在身体外流亡
——赠谷禾

我们在大巴上聊起宋朝
仁慈的皇帝和凶残的皇帝
主相、次相和君臣共治
那时高速公路上
排排树影一闪而过
千年烟云只在瞬间散去。
"时代的悲剧
我们已经无力书写。"[1]
写作能有什么意义呢?
逼仄的空间让人万分沮丧。
抬头看到几片乌云被风移走
我们自嘲,诗人都有写给未来的诗。
灵魂在身体外流亡
想象却能建造出一座甜美的新城
写吧,兄弟
我愿做你的合格读者
在深夜昏暗的台灯下
检阅海洋、港口,驶向未来的舰船。

---

[1] 引自阿赫玛托娃诗句。

诗教

从一滴晨露到夕阳滚落
日复一日。
从乌黑瞳仁到满目沧桑
年复一年。
从茂盛到衰败,在死亡中重生
生生不息。
冬日有暖阳安慰瑟瑟发抖的街道
历史册页中偶有真相泄露
谁也无权取消鹰的飞翔……
这一切,都是我的诗教。

这些年

一整天,我都干了些什么?
在晨祷与晚祷之间。
这些年,我都干了些什么?
大地吐出果实,水上升为冰。
我经过人群和车流。
翻动书页。在微信上点赞……
我来到江南小镇,发呆。喝酒。
和戴斗笠的老农交谈。
这些年,我都干了些什么?
我已经记不起来。
雪花飘洒在我的生命里
具体又虚无。
我遇到了另一个我——
腰间有赘肉、身体内充满湿气。
我和她对峙良久
彼此的怨恨已被时间消解。
请等等,青春!
我爱的那人还没出现在地铁口
请等等,死亡!
待我用放大镜把这块石头的纹理看清。

嘿!阴郁先生

很多人饮恨而亡
没有谁能走到爱的尽头。

阴郁先生,请一点点地清扫——
心中的毒素、阴影和积雪
种几亩薰衣草
造一所小木屋
给农民工的早餐,加四百克纯牛奶
当一回魔法师吧
为孩子们倒出动画片、字母饼干和尖叫……

诅咒过的嘴唇也可以用来歌唱
——即使在黑暗又弯曲的冬季。

从卓尔山远眺拉洞台
——兼致昌耀

燎原指着山坳中一片村落,说
这就是昌耀生活过的拉洞台。

八宝河水静静流淌
草原起伏,展现它的平缓和陡峭。

诗人用过的镰刀已经生锈
农具堆进了柴房。

但是他捧出的永恒歌声
飞越了祁连山重重屏障。

拉洞台,苦寒和歉收之地
拉洞台,埋葬诗人青春之地。

今天它的秘密拽住了我
把我拖回上世纪黑黢黢的岁月。

沙棘有刺,芨芨草丛生
十二头野狼同时瞄准拉洞台。

千百个苦役犯用身体
铺就了一条泥泞土路。

幸存的诗人啊,只有你
读懂了天空中的雄鹰。

听盲女弹奏钢琴曲

轻柔如水,沐浴春风
继而陷入深深的忧伤……
多么熟悉的旋律
回荡在五月晴朗的天空
哦,理查德·克莱德曼
在中国某个乡村的孤儿院重现。
这是一位红衣盲女
在钢琴前演奏
她弹奏——黑白琴键跳起舞来
听命于女王的指令。
这是一位被遗弃的盲姑娘
却有幸继承了音乐大师的遗产。
我们知道,她已经错过了花期
幸福的婚礼遥遥无期。
而这曲《梦中的婚礼》
已被她用心抚摸过千百次
不止千百回憧憬过的婚礼啊
注定只能在梦中实现。

秋日独上封龙山

秋天晴朗
云朵飞扬
回忆中的银杏叶子
至今还是这样,不紧不慢地飘落。
杨树兄弟们自动站成一排
冬天跟在浆果后面。
沿南佐镇上了封龙山
半坡上有风,吹动紫红色冲锋衣。
人迹罕见,山谷寂静
只有偶尔的几声鸟鸣刺破空气。
这儿看不见野菊开满山坡
这儿也没有星空和回忆
踏着枯草,走上一条小路
也不直,也不宽
地图上不会找到这个标识
更不会找到那隐蔽在深草中的封龙书院。

小

小的枝丫,萌发小的心愿
小的嘴唇,吐出小的诺言
小啊,让我在月光下
垂下肩膀。
天宇的飞翔中,恒星是小的
恒星的旋转中,人群是小的
人类的步伐下,有更小的
蝼蚁、芝麻、尘埃……
小啊!常常让我羞赧和悲戚
面对着大
我没了别的想法。

疑惑

没有走过的地方太多
值得终生研读的书籍也太多
而时间总是太少
生命总是快如闪电。
我查看白头雁和瓢虫的幸福指数
终日沉溺于幻想。
有些事情穷其一生
并非能找到完美答案。
我时常感到疑惑——甘甜的蜜桃
为何都有颗苦涩的核儿?
这些年,她早已没有了爱情
为何却一年比一年美丽。

在濮阳某乡村民宿读诗

小院里有蛋形秋千
多汁的心思飞得又高又远
冲一杯咖啡
读一位巴基斯坦诗人薄薄的诗集
杀戮、世仇、血腥、祷告
死亡也教灵魂不得安宁。
此时正值中东战火纷飞
妇女和孩子正在流血。
这位诗人的悲伤和无奈
久久地缠绕在丁香树上方
血迹和白花同时绽放
又香又苦涩,又甜蜜又让人绝望。

死亡这朵黄花

我们比觅食的蚂蚁更要忙碌
来不及听完老妈电话里的絮叨。
我们绷紧了每一根神经
在飞机、高铁和渡轮间流转。
我们把次要生活变成了主要生活
从时间手中抢夺金表、皮包、轿车和别墅。
我们曾在青春站牌下起飞
却不知痛苦和恐惧也是必经的风景。
有时我们会仰望高大的银杏树
偶尔也会把一束星光背回家。
我们的前半生是一页没有字迹的白纸
我们的后半生——为了摘取死亡这朵黄花。

想起他们

我时常想起他们——
地下的亲人和朋友
与潮虫、枯叶、腐枝日夜相伴。
想起他们遗落在世间的
照片、趣事、书籍和衣服……
我喝茶时会发呆
我祷告时也会分神。
替他们活着
但无法完成他们的夙愿
我不能把翠鸟的歌声传递给他们
不能教他们玩新款游戏。
他们爬过的山,种下的树
成为二十一世纪的一部分。
可他们决定离去
留下我、我们延续他们的美德
留下我继续在人间服刑。
而每当我点燃三炷香
抚摸他们墓碑上的名字
总能感觉到死神
把它阴鸷的嘴脸凑到我耳边。

我这个蠢人

谁掌管着黑暗?
什么人拿铁锹挖掘着坟墓?
哪一片阳光能照到人心的幽暗?
什么时候生命能发光、变绿?
这些道理深奥又曲折
岂是我这个蠢人能弄明白。

我只是个蠢人啊!
不知道春天也有苦楚,流水也有眼泪
不知道时间有双长脚
我还来不及找出地图上的某个小城
眼睛就已经变花……
我这个蠢人啊
以前不认识绿松石、酢浆草
以前竟然不懂得落日之美。

半夜醒来

有一句诺言
至今也没有兑现。

有一个人
想忘也忘不掉。

有一本书
始终没有读懂它的真谛。

有一处风景
盘踞在旅途的尽头。

有一只流浪狗
风雨中没能带它回家。

有一件往事
改变了今生航向。

半夜醒来,只见窗外月光涌进
紧紧地把我拖住。

夏宗寺

看过了绿度母和黄财神
遇到了安多来取经的几个喇嘛
拍下了滚滚涌动的彩色经幡
俯瞰了山脚下黄绿相间的田垄
其中有个发小
推动大经轮转了几圈
沿着石阶和木板走下
头发染上了丁香的气味
回望悬在崖壁上的夏宗寺
我在人世少了一个遗憾
想起未点燃的酥油灯
你在人世又多了一份惦念。

和我在一起

不要亮出你的权柄
不要向我通报你的官职
令人厌倦的谈话
不如小桥流水有趣。

把车开到半山腰吧!
和我一起望一望田野,村落
第一道曙光如何升起……

你也不必打问我的身世
这悲凉的记忆不应该留在你心底。
看美妙的晨雾在飘浮、在变形
将那不朽的一切重新命名。

如果我不写下

花朵会变成果实
消失了它最美丽的前身
如果我不拍下花朵。

隐身于雪山上的冰川
化身为江河,向着大海奔腾
如果我不画出冰川。

时间会吞噬记忆
小人物的苦难在历史旋涡中沉浮
如果我不写下小人物。

黑喜鹊唱着歌儿飞走
有时阴郁,有时快乐
如果我不谱成乐曲。

还有你,闯进了我干涸的心田
你带来了玫瑰,还是蒺藜?
如果我不当面问个清楚。

童年

我出生于唯物主义家庭
受着集体主义教育
吃商品粮,有丰富的供给
在无边无际的大戈壁上奔跑……
在我的童年
从未见过寺庙和教堂
从未偷过香案上的贡果
也从未听过民间段子和鬼神传说
我的童年是如此的富有
却又是如此的匮乏。

不是所有的人都有明天
——悼简明

不是所有的钻石都带有光芒
也不是所有的人都有回忆。
整整一天,微信上在传播你的离去
转发你的文字或晒你的合影
整整一天,我都在沉默
默默捡拾你生命中的碎片……
死亡,钩出了往事
死亡,也平息了愤怒
爱你的人和恨你的人
从此以后风轻云淡。
我记得一九八九年的那个夏天
你一身戎装,朝霞洒满年轻的脸
我记得那天大雨倾盆
吉普车在泥泞中一路狂奔。
如今你的病容
却成了在世间最后的影像。
不是所有的泥土都能吐出鲜花
也不是所有的人都有明天。

雪中去老年公寓

我们不能小瞧那些老年人
晒太阳的,捡垃圾的,带孙子的
旅游大巴上晕车的
病床上被护工翻来倒去的……
我们不能厌烦那些深深的抬头纹
把它们看作沧桑的老树皮吧
因为他们手中都有一套
对付生活的秘密武器。
我们不要嫌弃口水、药片和唠叨
趁着大雪纷飞,去老年公寓走走吧
每个老人都有一部口述历史
比教科书里的更真切、更惊悚。
只有在老年公寓,他们才卸下了
战乱、饥饿、争斗、各种主义
雪花不再带来浪漫
曾经强悍的,开始变得怯懦
现在他们安静地望着夕阳下沉
回忆,并自言自语。

第三辑

永恒的美啊，请停留

蓝色草原

驶往克什克腾旗腹部
的茫茫白雪中
我们把大青山、五彩山统称为雪山
把达里诺尔湖叫作冰湖
把乌兰布统草原叫作雪原。
一位朋友说他见过草原上
奔跑的银狐
比闪电还要快。
另一位说,他只见过一次
蓝色的乌兰布统草原
关于这些草原上的奇事
我是既信,又不信。

在珠日河草原看星空

草地,星空,一条小路
钻向被夜色湮没的蒙古包
这是珠日河草原之夜
我曾经的奢望顺着山坡升起
几个朋友指指点点
辨认银河,天羊座,牛郎和织女
山腰上的望月亭
有人并肩私语,有人点上一支烟
下弦月慢慢挥手作别
北斗七星更加璀璨
我迷失又清晰,清晰又迷失
在露水和夜风中。
有一刻,就是那一刻——
在我梦里设置的那个情景
唉,只是可惜没有你
可惜也不是我们两个人。

从诗中回到德令哈

枸杞树发红了
戈壁滩上的蕨麻结果了。
雷雯、惠英、廖正芸
你们去了哪里?
小铁铲、红皮筋和露天电影
帮帮我——拾掇起这记忆碎片。
童年在我身后越走越远
直到变成一个黑点。
巴音河水日夜流淌
没有谁在乎一粒沙的过去。
可要从诗中回到德令哈
这是一条多么艰辛、遥迢的路!

沙滩上歪歪斜斜的小东西

沙滩上歪歪斜斜的小东西
狡猾地从脚下逃跑
夜空下的南太平洋深邃,沉默
远远不能被一座灯塔理解
三亚湾路披挂着椰林、棕榈和琼崖海棠
二十里路,最好去椰梦长廊避雨。
我从北方带来一身病痛
一些未遂的野心……
今天我走在羊栏路和白马街路口
茫然的心无处投递
今天在西瓜村和芒果村之间
我逮住了你——一首小诗!

去普罗旺斯

用了这么长时间,我才找到你——
在迷离的暮色中。
普罗旺斯,距离天家只有一千零一米。
光线可以这么弯曲
坟墓可以这么温暖
罗讷河边的薰衣草啊
你的香气不可以这么浓烈、这么销魂……

蔷薇扑出栅栏,空气中有甜味儿
连青春也回过头来。
我喜欢普罗旺斯的点点滴滴
凄美中藏着深深的宁静。
世界上哪儿也找不到这样的优雅:
为死亡镶上花边,让痛苦进入凡·高的画布。

用了这么长时间,我才看清楚——
普罗旺斯夜空中的点点星系。
我要搭起帐篷,像旷野中的以色列人
但是这儿一定要有你。有你。

行至仙岩梅雨潭

这山,已是不可描述
这潭,也无法重新命名
姚姓郡丞《仙岩铭》飞上石壁
朱先生已把绿色用尽。
山间小路,我为几片落叶拍照
红色,绿色,黄色
我想创造另一种美——
从易朽的生命中发现重生。
人生已实属不易
登高却是灵魂层面上的事
几只鸟在树杈间鸣叫
借助形色,我认识了菝葜和梵天花……
山风吹乱了头发
这样也好。梅雨潭平静如画
杨碧薇点缀了千年的清寂。
一条瀑布砸进潭底
带着某种快意的仇恨
而潭水依然如镜面平静
仿佛一个经世的老人,不计恩怨。

世纪公园散步

姐妹们散步,停停走走
路边灯火摇摇曳曳
白兰和如雪,一问一答
我们谈论
亘古的爱情有多远

雕像们庄严矗立,湖水一动不动
嘈杂的人群中找不到答案
多少人自以为了解变幻无穷的物与事
而公园上空,星星闪烁
我们甚至叫不出它们的名字。

这苦涩又贫乏的疆域……

去门源看油菜花
这季节有点儿晚了。
去祁连山看雪景
似乎又过于早了。
我还未走遍青海的每一个州县
——苦涩又贫乏的疆域。
我知道我会死于
漫长的二十一世纪
我知道在年迈之时
缺氧,高反,再也无法返回青海。
所以我重视每一次返乡的意义
在草地上,在强烈的紫外线下
我又变成了小学生——尽管年过半百
坐在这天地教室的第一排。

漫步林间

有多少这样的黄昏,我漫步
和着杨树和柳树的沙沙声。
你也是一样,见过
夕阳没落时的盛典。

"沉下去了"……

每一次,我都要喃喃低语
面对着未知与无限
说出我对世界的
怀疑和惦念。

哲里木赛马节想起一位骑手

彩色烟火点燃了天空
千百只缤纷的气球冲入看台
飒爽英姿的少年骑手
策马奔驰。
我和一个朋友谈起了骑手
谈起了巴音艾力草原。
他说,何不再去找找他?
——去巴音艾力。
啊,那是遥远的巴音艾力
草荣草又枯
马蹄声回响在天边
我暗恋过的骑手今安在?
还是谈点儿别的吧
你看内蒙古的夏天也并不凉爽
鸿雁飞过辽阔的牧场
我只愿他儿女成群,琴声悠扬。

野草湾

暮色来得多快　转眼间
看不清家的方向
蒿草盲目地跟在
稗草后边

白天的神龛
只剩下　漆黑一片
点灯　闩门
换衣的妇女
她需要稍稍侧过身去

我见过正午的　野草湾
它喝天上雨露
被远方的汽车
无限缩小

野草湾　信任菩萨
是个苦命的
村庄　它从不说话
只在狂风刮过地面后
挣扎了一下

在多伦，元上都遗址

一座遗址，足以填满一部历史小说
而一片草地却不能代表草原。
在多伦，芨芨草比别处更高
玛瑙也比别处更温润。
当年忽必烈剑指中原
古战场，刀起头落
当年康熙大帝会盟于多伦
龙辇浩荡，划出一片江山。
几百年后的一个阴雨天
我坐在元上都遗址的石头上沉思
而那些宣称胜利的帝王
已经在泥土中长眠。
站起身来，我走向葱郁的草地
想捡到一支箭镞或马蹄铁
我想追踪一个朝代的蛛丝马迹
可是没有。什么都没有。

画青海

水彩的青海并不比油画的青海更简单
当我在水彩纸上构思的时候。
天空的蓝,草原的绿
冰川的晶莹,油菜花的金黄
孩子们脸上的酡红、杨树下阴影的靛青
还有贵德色彩斑斓的丹霞地貌……
可是要画出紫外线的强度
风沙的形状,这得费一番工夫。
想起去年夏天,我看到一群朝圣者
从玉树、果洛磕着长头而来
我能画出藏族姑娘的彩色邦典
能画出喇嘛身上的绛紫色袈裟
可是啊,我实在画不出他们带曲线的歌声
也画不出他们头顶无形的佛光。

桑根达莱谣曲

桑根达莱啊,青草长又高
一根光线挑开了黎明。

黎明我驱车经过桑根达莱
不见一个蒙古人,不见一袭蒙古长袍!

桑根达莱啊,富裕的海子
一群乌鸦在草地上奔走。

过路人羡慕浑善达克的宁静
牧羊人却在此辛苦一生。

桑根达莱镇,土坯围住牲畜交易场
牛羊的哀嚎—— 一柄剑扎进心中!

桑根达莱,格桑花摇曳
一个男孩从沙地里挖出了马蹄铁。

当我满脸秋霜赶来,桑根达莱啊
你一杯烈酒泼出了晚霞!

都说这是天空之镜

你照见了云朵,它们漫步
在高高的天际。
你也照见了诸神
他们微笑着忙碌,各司其职
你照见了湖面上红衣女子
她有了超脱尘世的清丽。
你也照见了彩色小火车
它拉着游人假装奔向天堂……
我从千里之外来到湖边
只想认清自己的模样。
在你幽静的湖面
映出我的乱发、皱纹和平庸
在你凌波仙子的孤绝中
我到底有多么粗鄙?
在你无边的丰饶面前
我到底有多么贫穷?

塔里木河边

那天,我们来到塔里木河边
高过人头的芦苇
顺着风摇曳。
胡杨树金黄,红柳枝低垂
有人谈起左宗棠
有人唱起《塔里木河》
偶有两只水鸟飞过……
在这天地的尽头
我已忘记了自己的来路。

天池不可描述

长白山上,美人松挺拔
岳桦树扭曲狰狞
碧渊潭上瀑布在欢唱
我们见识了槭树的五彩风衣。
成行成片的白桦树啊
丰富了你对油画的审美想象。
只有天池不可描述——
那天我们登上山峰
积雪先我们几天到达
有人拍照,有人沉默,也有人流泪……
如果你胆敢动用
夸张又轻浮的词语描述天池
你的诗句注定是一缕轻烟
你的金字塔将在暴风中动摇!

桥头集镇，走过爱情隧道

这个岁数，谈一场恋爱
已是力不从心。
而这个岁数，回忆起爱情
仍然有一幅美好的长卷。
在桥头集镇
我们走上了一条爱情隧道。
从钻石婚、金婚、银婚、水晶婚到纸婚
石刻的命名让人发出惊叹
回望来路——跌跌撞撞
并不明了爱情的真义。
古老的婚姻代代常新
只有纯真年代的爱情已被琥珀保存。
我看着身边走过一对恋人
一脸甜蜜的新新人类
他们穿过树荫遮盖的轨道
携手向着未知的路途走去。

瓦蓝瓦蓝的天空

那天河北平原的城市,出现了
瓦蓝瓦蓝的天空。
那天我和亲爱的,谈起了青海故乡

德令哈的天空和锦绣,一直一直
都是这样。
有时我想起她,有时又将她遗忘

想起她时我的心就微微疼痛
那天空的瓦蓝,就像思念的伤疤
让我茫然中时时惊慌

忘记她时我就踅身走进黯淡的生活
忙碌地爱着一切,一任巴音河的流水
在远处日夜喧响。

奈曼旗沙丘

越野吉普冲下沙丘
茫茫沙漠覆盖了我们的尖叫
骆驼漫不经心地散步
这是著名的宝古图沙漠
我们交谈,说起大海和荒漠甘泉
我们拍照,获得它二手印象。
大自然有修复创伤的能力
心中纵有风暴汹涌
但苍白的表达
却与一粒普通的沙子无异……
在奈曼旗,风选择了它的方向
风中所有的事情
如空茫的思想
被扬起,被湮没,不值一提。

重庆印象

从环球金融中心七十八楼眺望：
这是二十一世纪的重庆
波浪般起伏的山城
被长江和嘉陵江紧紧拥抱
洪崖洞，轻轨穿楼
你的网红景点游人攒动
在红油火锅里，在十字路口的茫然中
你的滚烫和冷漠交织在一起
重庆有爱憎分明的历史
关于白色恐怖和红色教育
我想起一个土家族兄弟
在重庆边陲一个县城写诗、发福
有一年，我经过三峡
被秋天滚滚的江水所震慑
在这万桥之城，我坐在黄葛树下
慢慢地拼接起往事……
而今夜由朝天门码头登上游轮
灯火璀璨，两江之水并肩前行
一切都是油画中的事物
仿佛我正漫步在高高的天际……

风雪中来到热水镇

从未想到,与今年的第一场雪相遇
是在遥远的内蒙古。
也从未想到,从冰天雪地中
到达一个温暖的地方——热水镇。

小镇的街道上冷清
能够抵御严寒的只有烈酒。
而微信上热气腾腾
苏将军的红宝石戒指掀起一片狂欢。

唉,人间总有数不清的战争、疾病和泪水
比天上的雪粒还要多
残忍的命运遍布每寸山河
每个人的记忆都有几个血痂。

你甘南草原

相机替代了语言
青草使我一再沦陷。
你有缓慢的山势
你有辽阔的腹地
你大慈大悲
不仅接纳牛羊、经幡
和倾斜的雨水
也接纳背包客、乌鸦与骸骨。
你的奶茶和糌粑,在我梦中飘香
你的青稞酒啊,总是让我未饮先醉。
你是诗人阿信的甘南
最美好的词汇已被他用尽
今天我也爱上了你
可是笨拙的嘴,竟唱不出美丽的歌。

雪地上的骑手

红袍子骑手，蓝袍子骑手
在雪地上策马奔驰
他们大笑着、吆喝着
跑过看热闹的人群
他们挥舞着长长的套马杆
跑过雪原上几棵安静的杨树。
可我看不到那些骏马脚上的马蹄铁
也看不到从马眼中升起的薄雾。
乌兰布统的马文化深奥
岂是我们外乡人所能理解？
红袍子骑手，蓝袍子骑手
一个英俊，一个老练
我的心里面慌慌张张
我的靴子里灌满了雪粒。

遥寄江南
　　——给兰花

妹妹，我不曾见过你的蜂箱
山高水远
路过的电影院，播放着热映大片
这和北方是一样的。

江水流淌，它们诉说着几千年的别离
你诗中的石竹花独自开了

答应我，你不许在暮色中唱起哀歌
不许把红色的事物看成血。
答应我，我们要把美德在大地上传播
还要在这个世界再活一辈子。

妹妹，我们都没有读到过死亡诏书
我们想象不出天堂和人间
究竟有什么不一样。

给我一匹快马

给我一匹快马
风当我的斗篷,马蹄溅开一片水花

最先要去的是野鸭湖
看看湖面的倒影,我和骏马稍稍打尖

打马一路向北奔向五彩坡
前世的妹妹赶绣一件蒙古长袍

当我蹚过贡格尔河,天色已渐晚
看来要在葫芦落日村借宿

草原的骑手啊,怎能不闯一次鬼门关?
这个路标让我有了征服感

将军泡子、蛤蟆坎、放羊坡和红松湖
没去过的地方都是最美

给我一匹快马
我要走遍乌兰布统每一个村庄……

去海西

明年夏天我准备去一趟海西
看一看"水上雅丹"和"魔鬼城"
听说那里有神秘的存在
顷刻间就能摧毁人的感官和三观。

只有刚察的风

从哈尔盖下车
强劲的风吹走了我的凉帽
一个人紧紧抱住电线杆
另一个人竖起衣领,倒退着走路。
这来自刚察的风
给了外地游客最高规格的礼遇。
尽管在哈尔盖大风中
我们难以呼吸
可还是看到了稀世的普氏羚羊
它们奔驰、跳跃,在沙丘上表演
还是看到了倔强生长的
麻黄、沙鞭、狼毒花和芨芨草。
刚察的大风吹过
带着青海方言和异族信息
光秃秃的土塬上
并没有看到西川仰望过的星空
只有刚察的风
搅得天地玄黄,万物零落
只有刚察的风
唤醒了我们心底的野性。

铁门关致友人

库尔勒的朋友,用热情
点燃了巴音郭楞的深秋。
木纳格葡萄,库尔勒香梨,阿克苏苹果
纷纷涌进我的房间。
可我行程短促
带不走这些会笑的水果。
在铁门关,我只是偶尔被风沙吹来
你们却给我一束追光。
深夜,我咬着香梨
甜蜜居然从眼睛里流出……
近来我常默默回想你们——
一个羞涩,一个淳朴,另一个爽朗
第四个还没出现,她正翻越天山
怀抱一小团火焰。

在姜庄,黄河边看星星

都说自己很久没有看过星星了。
午夜之后,万籁寂静
偶有夜鸟叫声刺穿夜幕。
喝完最后一杯酒
朋友们朝着黄河堤坝上走去。
农民们疲惫了
整个姜庄村入睡了
手机打出一束灯光
引导我们踏过泥泞土路。
上弦月挂在树杈之间
北斗七星呈现出勺子形状
还有更亮的星星遍布夜空
但我们无知,还无法得知它们的名字。
什么"内卷"什么"躺平"
此时都已烟消云散
我们都屏住呼吸
静静地望着月牙和繁星
黄河水缓缓地从身边流过
我们什么也没说
什么都不想。

忆介休

在回程的高铁上
我忆起介休的三天——
后土大殿上闪闪发光的琉璃瓦
绵山深处守护崖边寺庙的松柏
南庄村的古井和木格窗
张壁古堡的隋唐地道、清代壁画
还有火热的 H 型钢生产线……
当我久久地苦思着介子推下落时
火车已经到达阳泉北站。

在沙柳河看湟鱼洄游

七月的沙柳花开在河滩上
七月的青海湖却蕴含着生离死别

沙柳河的游人啊
请你把脚步放轻、放慢

布哈河、沙柳河、泉吉河
每条河口集结了成千上万的湟鱼

从微咸的青海湖向每条淡水河
洄游——做九死一生的逆向旅行

不,不是浪漫的旅行
而是一次以命相搏的物种传承

看哪,河里有嶙峋怪石,湍湍激流
天空有低飞的鸬鹚和棕头鸥

勇敢的湟鱼,恋爱中的湟鱼
一次又一次冲向台阶!

它们边进边退,重复着每一次失败
洄游——向着温暖幸福的水域

有的被水鸟啄食,有的葬身河床
这残酷的生命真相令我泪水涟涟……

七月的沙柳河边,我久久地凝视
这些带有使命的精灵。

在张壁古堡

空王行祠宏伟瑰丽
它的大梁稳固,橡木斑驳
屋檐上的琉璃瓦造型生动
院子内有道士走动
只是壁画上的神仙
寂寞得已经太久。
关帝庙前香火旺盛
左右对联引来众人赞叹
而与太宗争霸的刘武周
委屈地坐在可汗庙中。
二十八星各有对应
千年古槐环抱着百年柳树。
探险隋唐地道
是每个当代人的小心思
而冷兵器时代的战争
却是血流成河的教科书。
你在禅弓院射箭
我在石碾前推磨
张壁古堡上空惊现一道强光
洞穿了古今万般事。

明珠湖畔

仿佛走到了世界的尽头
柳杉、芦苇、湖蟹、不知名的水鸟
浩瀚的群星下面
几个朋友围坐在一起交谈。
我们醉了——不是因为喝了米酒
也不是因为过多的氧气。
灵魂和灵魂挨在一起
艺术和良心沿着栈道同行
枇杷树下,还是别谈俗事
各自的痛苦和哀伤也不值得书写
崇明岛上树影拦截了骄阳
只有宁静是一种好品质。
我愿大雁成群,飞得更远
我愿这样的日子铭记心间
此去注定经年,但愿
明珠湖的湛蓝围住我们,每一天。

吴家湾，偶遇一只白鹭

从一片花海出来
我们沿着木栈道缓缓前行
细雨淋湿了发梢
清洗着堆积在心中的言辞。
那只白鹭就在对岸驻足
时而引颈，时而眺望远处
它宠辱不惊的孤傲
让一行路人自惭形秽。
在惊呼声中慢慢踱步
全然不知十几个镜头对它聚焦
用一只脚拨开几棵水草
仿佛哲学家在思考一道难解的命题。
这只白鹭来自江南还是江北？
我们对此一无所知
它或许也是个叛逆的孩子
逃离了家庭、背弃了友谊……
几声狗吠打破了宁静
它抬起头来，决绝地飞离
消失在我们视线之外
就像其他转瞬即逝的事物。

问路

曼听、曼勐还是曼巴约?
我在西双版纳迷了路。
看着邦热路上穿梭的摩托车
我决定去那棵桐麻树下问路。
傣族大妈,不懂汉语
哈尼小伙,有种未成年的羞涩
幸好走来了会汉语的基诺大叔
他指了指东边山脉说:
你一定要去基诺山寨
你去看看地母女神
纺线女、老铁匠,会说话的草木
你去听听基诺民族的歌谣
那简直是天上的声音。

驻足仓央嘉措广场

不要万里迢迢前往京城
不要去见那个康熙皇帝
猎人们已经撒好了网
明天不会有新的太阳升起。

不要在经堂度过一生
脱去那身绛紫色僧袍
和相爱的姑娘私奔
为她唱歌、写诗,过平凡的日子
当一个草原上的骑手
普通牧羊人或者吟游诗人。

当年你途经青海湖
可曾看着夜幕中满天繁星
流下几行苦涩的清泪?
当年你消失在青海湖边
可曾来到刚察这个小镇
讨碗奶茶或一块糌粑?

今天,好心的刚察人
用你的名字为一个广场命名
你的诗句装进相框,译成汉语

你天籁般的歌声拖住了行人的脚步
今天，路过的人拿出手机拍照
识字的人朗诵你的诗，为你招魂。

去天门山

索道载着游人
从高高的云朵间滑过。

山谷静默如谜
并没有俄耳甫斯那哀婉的琴声。

霜降这天,一位诗人姐姐远走高飞
山风把落叶轻轻抬起。

我们走一走玻璃栈道
让颤抖的心长出冒险的翅膀。

我们在山路上辨认
哪一棵树是松树,哪一棵树是柏树。

有两对情侣,他们彼此相爱
在老树下挂上同心锁……

一切难忘的事物都在天门山发生
这是祈福之地,忘忧之地,悔过之地。

我们大口大口地呼吸
负氧离子充满了每一寸空气。

我们打开记忆的行囊
把这段行程装进漫长的日子。

坎布拉

十年之间
我经过两次坎布拉
一次是大雨雷电扑向坎布拉
它的面目狰狞恐怖：
愤怒的李家峡水库扭曲变形
森林显示出原始的黑色。
另一次阳光普照
水库上升腾起迷蒙的雾气
飘散进那片碧绿又神秘的山林。

寻找大运河

你在哪里？吴国的剑，齐国的戈
两千多年的邗沟和鸿沟
你在哪里？寒山寺外落魄的书生
拱宸桥头栖息的秋雁。
你们在哪里？代代相传的河工号子
盖世英雄和沿河行走的平民
此时，山水劳顿
落日疲惫……
千年长风吹拂着香樟树
万里云烟把时间雕刻。
北方的松木、皮货、煤炭
南方的丝绸、茶叶、陶瓷
繁忙的苏州码头上
官兵和商人各揣心事
通州河畔，芦苇丛中
两只灰鹤交换了诺言。
啊，大运河中有搁浅的沉船
而人世古老又常新。

双河溶洞记录

寒武纪太过遥远
七亿年限制了我的想象
曾经疾走的飞猫
日伏夜出的蝙蝠
还有朝着太阳生长的魔芋
都成了那个世纪的见证者。
那一天,我走进双河溶洞
望着巨大的钟乳石发愣
那来自地心的水流令我惊骇
仿佛我踩在了死亡的边界线。
我只认识十二背后的女王
她有不断生长的秘密
我只在双河溶洞中看到过一次海市蜃楼
颠覆了我对美的全部定义。

去滩涂观丹顶鹤

菖蒲摇动。站立在木栈道旁边
几只野鸭在水洼中游泳
观鹤亭上
一拨外地人在观景台上瞭望。
这儿的风是多么清凉
在七月流火的时节
这儿的空气是多么干净
在喧嚣的都市之外。
一条清鱼左右摇摆,引来人们惊呼
而后又消失在黑暗的水底
滩涂风景如画
深邃如人类无法探测的未知。
每一个物种都带着能量
蜻蜓,白鹭,大天鹅,双瑚草……
我们卸下悲伤和倦怠
做了长达一生的深呼吸。
观丹顶鹤,越冬的丹顶鹤
却没有在火热的七月现身
海水退潮,现出了辽阔大地
水面上只有来回忙碌的水鸟。
姜桦指着不远处一个小土堆,说
那个姑娘就长眠于此。

在洞庭湖上游弋

游艇荡起浪花
将尘世远远地推开。
在洞庭湖上游弋
我们遇到了黄丝草和白头鹤。
偶有一只黑色江豚闪现
引起人们一片尖叫。
船至三江相汇之处
有人指点:这是湘江,汨罗江,沅江……
芦苇荡中寂静无声
一定藏有惊天的秘密。
我从未看到过潮起潮落
当然这次也没有如愿以偿。
八百里洞庭湖看上去没有尽头
我第一次领略了辽阔的含义。

姐妹们上了玫瑰峰

姐妹们上了玫瑰峰
七彩的裙子镶在了天边
杜鹃、黄花、芍药、格桑花
美的旅程变得如此温软。

姐妹们上了玫瑰峰
羞怯的姑娘和冷静的姑娘
都有了跳拉丁舞的冲动
每一颗浪漫的心顺着风四处张扬。

姐妹们上了玫瑰峰
安静的云彩也慌里慌张
给她们一点儿欢迎的礼物吧!
—— 一会儿是细雨,一会儿又是晴空。

姐妹们上了玫瑰峰
阿尔山大叔推开一扇扇窗口:
看哪,姑娘们
三潭峡,天池,石塘林,哈拉哈河……

当姐妹们上了玫瑰峰
伊尔施镇的老汉扬着眉毛走过来。

过峨堡草原驿站

在玛尼石堆前
谁为我们及时奉献了一场雨?
在峨堡古镇
谁又为我们安排了一阵风?
彩色的经幡飘扬
召唤出人心的灰暗。
我想　我早该脱去黑衣
来点儿红色,来点儿绿色
可是在玛尼石堆前
因为绝望,我默默地关闭了镜头盖
在峨堡古镇遗址前
因为伤心,我悄悄地垒起一座新坟。

黑河穿过峡谷

这名字,带着阴郁的柔情
这河水,沿着祁连雪山四处逃窜
人迹越来越少
草地里的鼹鼠探出脑袋
只有山上的落石发出声响
只有峰顶的两棵夫妻松注视着我们。
黑河穿过谷壑
它要去远方寻找前程
白云途经翠绿的峰峦
不曾回头看一眼苦难中的牲畜
而我在图册中翻找
黑河不过是一条细细的蓝线。
它从冰川开始流淌,漫不经心
浸入大地的伤口
就是这条细细的蓝线
它张开毛孔,从旋涡中摆脱
就是这匹粗野的黑马
咆哮而来,释放出奴隶的歌声。

岭南茶场

初冬的茶树,不开花。
雨中的茶园,却那么清新。

在悲伤、疲倦和沉思的时候
你来茶园走一走。

当你回想往事的时候
水已经烧开了。

就算没有蝴蝶和蜜蜂
这里的爱情也一定是美丽的。

不要急,人生是有一点点漫长
那就给每一棵茶树取一个名字吧。

停车温泉假日

一切是新的。房屋、花草和新鲜的水源
只有我是陈旧的。
真对不起——亲爱的
我辜负了太多的岁月。
在拇指传情的年代,我依然那么老派
甚至,连爱也爱不起来。

绝望的心就像今晚车跑过的路
黑黢黢的。
可这又有什么关系呢?
我还爱着绿色植被、每一寸清新空气
关心教育和公德……
我这样安慰自己,也像是安慰空旷无边的麦田。

和慕白在双河客栈散步

沿着双河客栈散步
我们路遇了红的槭树、绿的芭蕉
未经命名的小路
雾在半山腰升起。
我们谈论着诗歌、酒和美景
谈论着奇怪的十二背后
这把冷艳的匕首
刺向我们的疼痛。
有一阵子默默无语
听着山风送来的细雨
另一阵子我们热烈地感慨
这静谧的时光:一如世界的初始。

汨罗江边

暮色中的汨罗江
被晚霞裁剪成一条红毯
江边的石楠和柳树
略微带着一丝倦意。
我们穿越先秦的云雾而来
但并没有看到诗人热爱的楚国。
江水平静,运走了
一朝一代的更迭。
只有绮丽的文字记载下汨罗江——
这绵长的流水不解人意
这香草和美人也不懂忧思
只有闪电喷吐出心中的悲愤……
情侣们在草地上相依
孩子们为龙舟竞赛呐喊
一个诗人荣耀了一片土地
只有江水没有故国,也不知前程。

在三亚看海

海水渍湿了裙角
野薄荷爬满了沙地
我喜欢独自前来海边签到
戴一顶凉帽,怀揣一些狂野的心思。
我观看日出
直到不敢直视太阳的光芒
我目送日落
收拾好一天的喜悦和惆怅。
我拍下海水的各种形状
它的哭泣,它的歌唱,它的缄默
浪花拍打着礁石
它那粉身碎骨的决绝
比一曲咏叹调更让人心碎……
我和大海一定有非同寻常的关系
不在前世,就在今生。

大罗山想起谢灵运

我们学习古人,云游雅集
要把永嘉太守谢灵运游历的山水
重新抚摸一遍。
罗山还是古代的罗山
塘河还是那时的塘河
杨梅酒也还是古人喝的酒。
古人们骑马,坐轿
在石头上题诗
我们坐车,乘飞机
在微信上晒诗。
今日乘船抵瑞安
大罗山热情地拥抱了我们。
马缨丹招手,皱果苋微笑
樟叶的香气令我们昏迷……
满山的杨梅还未成熟
空谷的回音正在一路奔跑。
我们效法古人
寄情山水,吟风弄月
把悲伤藏进行囊
查看山水和人类间隐秘的关联。
这一天我有所斩获
下山途中,风吹散了我的疑惑
白云揖别了瑞安
雨点儿准时向我们报到。

呀诺达,呀诺达

我至今怀疑误闯了仙境:
黎歌,温泉,烟岚,阔叶植物……
有一段时期
我在恍惚和不确信中度过。
在遥远的北方
有人提起呀诺达,他说起
伊甸园,苹果和蛇
说起创造者创造了呀诺达。
他比画着双手,喋喋不休
用尽了所有的赞美词。
啊,呀诺达,呀诺达
我心中也藏有一个呀诺达
不能用言语形容
也不曾向任何人说起。

科尔沁草原拾珠

向你致敬——科尔沁！
千里之外，帮我捡回了纯洁的心。
拜你所赐——这美妙的行程！
想见的人，想说的话
突如其来的美景
碰伤了我的眼睛
占领了我思想的领空。
雁西说，科尔沁草原
是一座爱情的圣殿。
是啊，山地草原起伏有致
马鞭草艳丽，草木樨平凡
多想把白天延续到夜晚
只是我容貌有限，对不起蓝天和绿草。
我们尖叫，起哄
开着美好的玩笑
摘去裙子上沾满的蒺藜
谈论那张令人尴尬的照片……
科尔沁热情如火，为了款待诗人
同时动用了向心力和离心力
然而这时……诗人本应该沉默
画家准备开始工作。

盐湖之夜,听道尔吉唱呼麦

这歌声有盐的元素
这歌声有铁的硬度
那呼麦有青铜的沉默
回荡在茶卡盐湖的夜空。
"把爱中的爱献给你
就是我的灵魂"
那时星星在天上巡逻
那时我的心儿碎了一地。
我无法问你
风儿吹来,你在想什么
我也无法告诉你
马儿归来,我早已越过了山丘。
今夜在寒风中,在道尔吉遒劲的歌声中
我想起了最初的诺言——
一如那亮晶晶的盐粒
沉睡在深邃的盐湖底部。

路过东蛙

走到迭部一带,汽车停了下来
蓝色路标指出——东蛙
三面环山,沟壑中有起伏的村落。
我们顺着山势向西漫步
阳光洒在青稞上
同时也洒在油菜花上。
谁披着红风衣,穿行在黄与绿之间
还有一只蝴蝶沉思了片刻
又匆忙掠过我们头顶。
朋友们拿出手机和相机
我给朋友拍照,我们都没有留意
散落在山坡上的那些坟冢。

鹿鸣湖上飞过一只灰鹤

湖底没有冲出恶蛟
湖面平静如已经订婚的女子。
白桦树缠绕蓟草,闪电出卖着色相
这里的盛夏如同河北的秋天。
寂静啊寂静
花伞无声地移动,电话不在服务区
空气中有足够的二氧化碳
使我们昏迷……
鹿鸣湖上飞过一只灰鹤
没有人预言它的前程。
听说这儿有神奇的马鹿出没
可是我们没有看见。

去祁连途中

美丽有了开端——
大巴驶入一片惊艳
青草茂盛
牛羊悠闲
远处的山峰升起薄雾
谁的一颗心居住在那里?
我们邂逅了狼毒花
把零星的帐篷沿途抛下
去祁连,激活笨拙的抒情
去祁连,目睹天境里空荡荡的寂静
我在闲聊中时时走神
不敢错过任何一处美景
天空中随便一片云彩
河套里随便一块小石子儿
去祁连,摆脱日益滋生的慵倦
去祁连,寻找一把打开心门的钥匙
我迷迷糊糊,在车中打盹儿
居然梦到了不可能发生的事情
千里草原,万亩油菜花
沿着302国道,加速前进。

在长江湿地

迷雾笼罩了璜泾镇
港口近在眼前
却看不真切
哪一艘是货轮,哪一艘是客船
脚下的青草漫向远处
干枯的芦苇遮挡住视线。
偶有几只水鸟盘旋
然后辞别我们,踏上锦绣前程
湿地抛出它优美的弧线
迎合了游客的审美期待
如同惊涛骇浪是一种
小桥流水又是一种。
远眺前方,江水平静
已被文人们赞美过千年。
是的,我们都知道
湿地既不是江水,也不是旱田
它尴尬于自己无法言明的身份
却又创造了另一种混血之美。

绵山上的钟声

半山腰,寺庙前香火缭绕
石壁上一片悬铃钟纷纷响起
这是风在提醒:
陌生人已经进山。
但我们不是来请介子推出山
只是一群偶尔的过客
穿越时间的迷雾
来到春秋时期的晋国。
钟声轻缓,讲述着一段千年传奇
钟声呜咽,那是晋文公泪眼婆娑
那棵死而复活的老柳树还在吗?
那座有情有义的思烟台还在吗?
在介山,钟声伴着鸟鸣
向着另一个空间传送
那是我们无法窥探的世界
其中定有一片可怕的寂静涌出。

大理

自然先于人类,人类只在未来生长
只在蜡染布中显露身影。
一个异乡人
只能浮光掠影地爱你:
你天空的蓝,令我心里发慌
让我想起超现实的蓝。
你洱海的月,照出了我的粗鄙
世上再也没有纯净——除了婴孩眼神。
我从河北带来那么多哀伤
被下关的风一一吹散
当我把手放在你胸口
你在严冬创造出了奇妙的春天。
大理,我来到这里
就变成了这里。
想献上我的歌声,但突然间失语
——自从我有了秘密的抒情天赋。

在拱宸桥上眺望

那晚运河两岸灯火通明
连天上的星辰也黯淡了许多。
这并不是时间的开始或结束
也不是帝王南巡的日子
日日夜夜,古老的水系流淌
汇入远处的钱塘江。
那是一个薄衣单裤的春日
我从拱宸桥上向着远处眺望
只见河水平静,微波粼粼
浮云从水面飘过
我不知道这些水经过了多少沧桑
它们是如此从容大气
在我看不见的地方
一定有一条水的根子
秋风吹过,芦苇白了,荷花残了
万物沉淀,水静成了秋水
我想不出它最初的那一日
也看不到它最后的那一天。

清溪峡上

谁的手在水面上展开
长长的山水画卷?
谁的眼睛追随那碧绿的水流
抵达"被美伤害的地方"?
那一天无云也无雨
清溪峡吹来自由的山风
吉他、冬不拉和摇滚
和着潺潺溪水前行……
有人在船头拍照
有人在船舱聊天
一对鸳鸯仓皇地逃离水面
几只蜂鸟盘旋在我们头顶
难以描述的清溪峡啊
请原谅我们粗野的歌声
惊扰了清溪峡的宁静
原谅我们拙劣的修辞
不能把清溪峡的美悉数写出
抱歉啊抱歉。

在玉树结识诗人洛桑南嘉

你黝黑的脸庞,你得体的藏袍
让我相信了上天的美意。
你用藏语朗诵
你用汉语和我交谈
通天河的水是骄傲的
巴塘草原的风是合理的。
我想认识一个、两个、无数个洛桑
或教书,或放牧,或诵经
我想走遍整个玉树州
把每一个洛桑认作诗人仓央嘉措。

走在长乐古镇麻石老街

回龙门、郑家大屋、打铁铺、故事会……
六百米麻石老街处处风景
旱船、高跷,锣鼓震天
花车上的童子演绎着传说。
这一处,天井幽静
庭院里有少许苔藓
那一处,浓妆艳抹,唐装汉服
把我运回了古代的端午节。
历史漫长,需要后人来接续
借助想象,你可以重新安排一生:
你是郎中,悬壶济世
我是书生,古卷青灯
谁家的小姐路遇了公子
世事纷呈,此情绵绵……
这样也不错
就让我们在麻石老街了却一生。

过野牛沟

关于青海祁连野牛沟
你不要去百度
百度里只有面积、人口和风景
没有历史的秘密。
野牛沟有最美的草原
石棉矿,祁连玉,冬虫夏草
野牛沟有最直的公路
也有凶险的沼泽,来历不明的乌鸦
那天在野牛沟
我遇到几个收购虫草的人
打问起七十年前的一些事
打问起那些战俘和他们的后代……
没有一个人说点儿什么
哪怕用我听不懂的藏语。
车子经过那片山坳
青草比别处更茂盛
天空中罩着一片云
把那惊天的秘密压得更低,更低。

夜宿达玉部落

经幡。玛尼石。草地葱郁
几条木栈道通往彩色的集装箱。
好听的藏歌飘荡在夜空
虽然我们找不到那个神秘的歌手。
那天深夜,我走上阳台
望着远处一片漆黑
青草和野花睡了
牦牛和羊群睡了
疲惫的游客睡了
只有清风还在抚慰大地的倦容
只有星群还在回应孤独的心灵
金银滩之夜如此寂静
一如世界陷入了万古空旷。

金沙湖看沙画表演

沙画绘出了古代的小桥流水
我向往过的山中小路。
如果再有一只蜜蜂在桃花上微微震颤
那就更生动了
如果你从山底抱回一捆柴火
那就更温暖了。
卸下重轭,来金沙湖的某个小岛生活
我就打算在这儿了此残生。

在凤凰

回不去了。每一扇门都向我们敞开——
故居、祠堂、店铺和纪念馆
可是再也回不去了
急遽裂变的晚清,风起云涌的民国。
找不到了
吊脚楼上原始的苗歌
少女翠翠眼睛里的清澈……
虽然我再次来到凤凰古城。
翻山越岭来到这里
只是为了完成一种奇妙想象
走在绵绵细雨中
只是为了抖落翅膀上的风尘。
当诗人们带来一些词语
凤凰古城就捧出她所有美景。
太盛情了!就像旧时那些侠义的土匪
拿烟倒茶,打酒割肉。
太迷人了!婆娑山影
掠过江水奔往世界的尽头。

江南小风光

我们来到武义坛头村
住进了洋派的田庐民宿
家具上镂花雕龙
盆景中显现出精致的山河。
坛头村边,一小片湖水
引来游人一阵阵欢呼
一小块草皮绿油油
争相拍照的人群摩肩接踵。
小树林旁,有人开始扎起帐篷
有人管这些叫作美丽风光。
来自新疆的如风
对我讲起了那拉提河和赛尔山牧场
而来自青海的我
则说到了坎布拉森林、门源万亩油菜花

田庐记事

蝉鸣彻夜不停地唱歌
柳树却保持了难得的克制。
江浙一带,酷暑难耐
乡道上走着湿淋淋的男女。
犹记奶婆厅推杯换盏
空调房间一次次欢快笑谈。
阿剑午夜迷失于青石小巷
星光在黎明前悄悄辞别
国文和明欧血溅田庐
雪峰和画家妻子安居于坛头村。
另有几个诗人在周庄
游了一遍寂寞……
唉,诗人们总是阴差阳错
诗人们总能携带着故事飞行。

彩虹桥上

愿时间定格在彩虹桥上
让酒香一直弥漫在身前身后。
这短短的三天
仿佛办完了三年的事情——
喝酒、读诗、发呆
沿着赤水河畔散步
一点点地回忆
阳春时的棕红和重阳时的碧绿
一点点地遗忘
疫情、战争、凝结在心间的伤痕
蛰伏了一年多
词语小分队开始苏醒
在茅台端午大典上
在河水时而湍急时而平静的浪花中。

图书在版编目（CIP）数据

那么好 / 李南著. -- 石家庄：花山文艺出版社，2022.10
ISBN 978-7-5511-6312-5

Ⅰ. ①那… Ⅱ. ①李… Ⅲ. ①诗集－中国－当代 Ⅳ. ①I227

中国版本图书馆CIP数据核字(2022)第187778号

书　　名：	那么好 Name Hao
著　　者：	李　南
选题策划：	郝建国　彭明榜
责任编辑：	李倩迪
责任校对：	李　伟
装帧设计：	孙　初　申　祺
美术编辑：	胡彤亮
出版发行：	花山文艺出版社（邮政编码：050061） （河北省石家庄市友谊北大街330号）
销售热线：	0311-88643221/34/48
印　　刷：	北京精彩世纪印刷科技有限公司
经　　销：	新华书店
开　　本：	889毫米×1194毫米　1/32
印　　张：	7.25
字　　数：	120千字
版　　次：	2022年10月第1版 2022年10月第1次印刷
书　　号：	ISBN 978-7-5511-6312-5
定　　价：	58.00元

（版权所有　翻印必究・印装有误　负责调换）